JN176646

日本近代文学における
フロイト精神分析の受容

Atsushi Nitta
新田 篤

和泉選書

精神分析学による日本近代文学の読み直し
――学際研究の成果――

京都大学大学院人間・環境学研究科・教授
須田千里

新田篤氏の新著『日本近代文学におけるフロイト精神分析の受容』は、精神分析学の見地から日本近代文学におけるフロイト受容を跡づけた労作である。私は、日本近代文学研究の立場から若干の指導を行ったご縁で、小文を記すものである。

日本近代の作家・作品を「精神分析」という手法で論じたものは数多く存在する。しかし、それらの多くは近代文学側からの研究であり、精神分析学の側からは、五十年ほど前に刊行された「パトグラフィー双書」くらいしか記憶にない。そのシリーズは作家研究というスタンスであり、内容もまた一般的だったように思われる。

新田氏は、フロイトやラカンの研究者として著名な新宮一成教授（京都大学大学院人間・環境学研究科）に師事し、二〇一三年に学位を取得した。これに基づく本書では、序章で明治から戦後に至る精神分析研究を通観した後、以下の五章で森鷗外、中村古峡、内田百閒、佐藤春夫、そして中上健次の作品を取り上げ、フロイトなどの受容実態を探るとともに、その理論を援用して作品分析を行っている。個々に特徴の異なる五人の作家を取り上げて論じた点に、著者の並々ならぬ力量が感じられるし、芥川龍之介や厨川白村、斎藤茂吉、伊藤整などにも周到に目配りされている。

さて、本書の内容を簡単に紹介しておこう。第一章では、森鷗外が、日本で最も早くフロイトの不安神経症の論文を参照していたことが、東京大学の鷗外文庫蔵本を精査することによって丁寧に追跡されている。文献学に基づいた精緻で実証的な研究成果といえよう。

続いて取り上げられる中村古峡は、雑誌『変態心理』を創刊し、後に精神医学者となった人物で、その「殻」は、統合失調症の弟の姿をリアルに語った自伝的作品である。新田氏はフロイトやラカンを援用し、父とその代理である兄との関係が弟の病の根源であったと結論づけるが、これはエピーパトグラフィー〈家族の病理が創造者に影響を与えるとする学説〉の点からも優れた分析となっている。

古峡と同じ漱石門下の内田百閒は、彼自身を投影した父や漱石の死を〈父親殺し〉と見た結果、彼らへの罪悪感が生まれ、死の恐怖に脅かされるようになったと考察する。百閒が、『冥途』刊行によってそれを克服できたのは、エランベルジェのいう「創造の病」に相当するとの結論は興味深い。

第四章では、精神分析を題材とした日本最初の長編小説である佐藤春夫「更生記」が取り上げられる。本作で佐藤が用いた、フロイトのヒステリー論やクレペリンの『精神医学』の影響を指摘する部分は、次の中上健次論とともに本書の圧巻であろう。

中上は、フロイトのエディプスコンプレクスを物語の定型としていたのだが、中村雄二郎の『魔女ランダ考』からベイトソンのダブルバインド理論を知り、フロイト批判に転ずる。そこから中上は独自に母子関係の葛藤を着想し、作品化していくのだが、その検証過程はまさにスリリングであり、本書の白眉と言っても過言ではないだろう。

作家が、いかに精神分析学に接し、人間理解や自らの家族・環境の問題と結びつけていったか、あるいは、精神分析学の知見によっていかに私たちの作品理解が深まるか、本書はそれを鮮やかに提示している。もちろん、こうした問題意識は文学研究者とも共通するが、真にこれを遂行できたのは、精神分析学を専門とする新田氏を俟たなければならなかった。本書を以て、学際研究の成果というに憚らないであろう。

精神分析で描く文学変容の歴史

京都大学大学院人間・環境学研究科・教授 新宮一成

本書は日本文学の精神分析的「解釈」ではなく、文学の発想それ自身にまでさかのぼり、精神分析の思考を生かして、文学的発想の出自と、近・現代の思想状況におけるその位置づけを明らかにすることに重きを置いている。すなわち日本で受け継がれてきた思考法が精神分析に出会って、漸進的に変容を遂げてゆく過程を、一つの歴史として浮かび上がらせようとする。精神分析と文学の出会いに関してこのような捉え方がこれまでそれほどしばしばなされてきたわけではない。文学の営みが歴史の中を動く運動体として、運動の途上で外界の現実にいくつも出遭わざるを得ないということを踏まえれば、本書のアプローチは日本文学への新しい、しかし必然的な視角を切り開いたものであることが感じ取られる。

目次

精神分析学による日本近代文学の読み直し—学際研究の成果—　須田千里

精神分析で描く文学変容の歴史　新宮一成

はじめに

フロイト（Freud.S. 1856. 5. 6–1939. 9. 23）は、ヒステリー者の治療（ブロイアー、フロイト『ヒステリー研究』一八九五年）を通して精神分析を創始した。日本では明治期に精神分析の紹介が始まり、大正期から本格的に論じられ、昭和五年前後にフロイトの邦訳が刊行された。

日本における精神分析史の研究は、日本文学と心理学史の二つの分野にみることができる。日本文学の分野では曾根博義が、精神分析に関心を持っていた文学者として、坪内逍遙、谷崎潤一郎、佐藤春夫、川端康成、伊藤整、長谷川天渓、野口米次郎、大槻憲二の名を挙げ、中村古峡が雑誌『変態心理』（大正六年十月～大正十五年十月）で精神療法や精神分析を紹介したことや、大槻憲二が雑誌『精神分析』（東京精神分析学研究所、昭和八年五月～昭和十六年三月、昭和二十七年一月～昭和五十二年四月）を創刊したことなど、日本文学と精神分析の関係について研究している(1)。また、一柳廣孝は、芥川龍之介のフロイトへの言及や、雑誌『心理研究』（明

治四十五年一月〜大正十四年十月）について研究している。(2)

心理学史の分野では、佐藤達哉が、日本の心理学史のひとつとして、明治期のフロイト紹介から、フロイトの邦訳が始まる昭和初期までの通史的な研究をしている。(3) また、安齊順子や鈴木朋子・井上果子による、久保良英、大槻快尊、丸井清泰、大槻憲二といったフロイトの紹介において役割を果たした心理学者たちの研究もある。(4)

このように、日本における精神分析史の研究は、主に作家や心理学者によるフロイトへの言及がたどられている。しかし、精神分析をどのように理解し、作品へ反映させたかについては十分に論じられていない。

本書では、日本近代文学とフロイトの精神分析の影響関係をとらえることを目的とする。まず、フロイトを受容した各時代を代表する作家のフロイトへの言及を精査し、それぞれの作品から精神分析の影響を読み取る。また、病跡学の観点から、文学者が精神病理を小説として表現していく過程をとらえ、文学者のフロイト受容という問題に、同時代の精神病理というもう一つの側面からの検討を加える。これらの方法によって、精神分析が日本近代文学に与えた思想的影響の変遷を明らかにする。

序章では、精神医学の歴史の中に精神分析を位置づけた上で、日本の精神分析史を、医学、心理学、文学の各分野における受容に注目しながら紹介する。第一章は、森鷗外の衛生学論文「性欲雑説」(『公衆医事』明治三十五年十一月六日から明治三十六年十一月の間に五回掲載)にフロイトの神経症論への言及があることを明らかにする。第二章は、中村古峡が精神病理を抱えた弟をモデルにした小説「殼」(『東京朝日新聞』明治四十五年七月二十六日~大正元年十二月五日)をもとに、作家の病跡をエピーパトグラフィーの観点から論じる。第三章は、内田百閒が第一短篇集『冥途』(稲門堂書店、大正十一年二月)を刊行するまでの神経症的葛藤を精神分析的に考察する。第四章は、佐藤春夫「更生記」(『福岡日日新聞』昭和四年五月二十七日~昭和四年十月十二日)にフロイトや当時の精神病学の影響が見られることを検討する。第五章は、中上健次によるフロイトとベイトソンへの言及を辿り、それらの知識が『地の果て至上の時』(新潮社、昭和五十八年四月)、「火まつり」(『文学界』昭和六十年七月~昭和六十二年二月)、「イクオ外伝」(『朝日ジャーナル』昭和六十二年十一月二十日~六十三年四月八日)に与えている影響を考察する。これらの考察を踏まえて、終章では、日本文学においてフロイトが与えた影響の変遷をたどる。

序章　フロイトと近代日本

一、精神医学と精神分析

精神医学は、精神と身体の分離というデカルトの心身二元論（『省察』一六四一年）をもとに、精神病を身体的な原因とする視点で研究されてきた。精神病を脳病とするグリージンガー（1817-1868）や、精神病の原因を遺伝とするモレル（1809-1873）など、大学の精神医学教室を中心に研究が行われた。また、ブローカ（1824-1880）が左脳前頭葉に運動性の言語中枢を、ヴェルニッケ（1848-1905）が左脳側頭葉に感覚性の言語中枢があることを発見したことにより、精神病の神経学としての研究も進展し、クレペリンの二大精神病（早発性痴呆と躁うつ病）、ブロイラーの精神分裂病（現在の統合失調症）の概念へと結実した。

クレペリンとフロイトとは、同い年（一八五六年生まれ）ではあるが、研究の方向性は大きく異なる。クレペリン『精神医学』第八版（一九〇九～一九一五年）は、精神障害の症状を記述し、分類して早発性痴呆（現在は統合失調症）と躁うつ病の二つを主要な精神病と規定した。クレペリンは他の精神医学者と同様、神経症の原因を遺伝とし、精神分析に否定的であった。[1]

これに対して、フロイトは神経症の原因として性病因論を主張した（「ある特定の症状複合を「不安神経症」として神経衰弱から分離することの妥当性について」一八九五年）。その主張は、『夢解釈』（一九〇〇年）など精神分析理論の形成へとつながっていく。しかし、身体を原因とする精神医学からは、フロイトの精神分析の方法は受け入れられなかった。

日本の精神病学（現在の精神医学）は、精神病を狐憑きとする迷信から離れ、明治期に政府主導でドイツの精神病学を取り入れたことにより、身体的な精神医学が主流となった。帝国大学医科大学（現在の東京大学医学部）精神医学教室の初代教授であった榊俶（さかきはじめ）は、ドイツ留学で学んだグリージンガーやクラフト＝エビングの精神医学をもとにした講義を行った。以後、ドイツ留学でクレペリンの精神医学を学び、日本で初めて紹介した呉秀三に代表される榊の門下生が、日本の精神病学の中心となっていく。呉秀三『精神病学集要』（第一版、前編：明治二十七年九月、後編：明治二十八年八月）、石田昇『新撰精神病学』（南江堂、明治三十九年十月）、三宅鉱一、松本高三郎『精神病診断及治療学』（南江堂、明治四十一年三月）、杉江董『ヒステリーの研究と其療法』（島田文盛館、大正四年七月）、下田光造、杉田直樹『最新精神病学』（克誠堂書店、大正十一年三月）など、どれも精神病を脳病としている。そのため、フロイトの精神分析は日本の大学においても精神病学の主流ではなかった。

二、明治期の精神分析研究と文学

フロイトが日本でどのように紹介されたかを明治期から見ていく。曾根博義「フロイトの紹介の影響―新心理主義成立の背景」（昭和文学研究会編『昭和文学の諸問題』笠間書院、昭和五十四年五月）は、日本で最初にフロイトに言及している文献として、森鷗外「性欲雑説」（『公衆医事』明治三十五年十一月から明治三十六年十一月の間に五回掲載）を挙げている。安齊順子「日本への精神分析の導入と丸井清泰」（『心理学史・心理学論』平成十二年十月）は、佐々木政直「ステーリング氏の心理学に関する精神病理学」の連載第四回（『哲学雑誌』明治三十六年八月）をフロイトへの言及の最初期のものとしている。

森鷗外「性欲雑説」については第一章で検討するので、本章では『哲学雑誌』掲載の佐々木政直「ステーリング氏の心理学に関する精神病理学」（『哲学雑誌』明治三十六年三月～十月）と、蠣瀬彦蔵「米国における最近心理学的題目の二三」（『哲学雑誌』明治四十四年五月）の内容を確認する。

佐々木政直「ステーリング氏の心理学に関する精神病理学」は、チューリッヒ大学教授ステーリングの講義録の翻訳紹介で、幻覚、錯覚、言語障碍、妄想などの症状についての諸説を紹介している。フロイトについては、「ヒステリ性昏昏状態に於ける忘却」の項目に「二重意識 Doppelbewusstsein」との関連で言及がある。

近時の諸学者ビネー、ジャネー、ヲツソアル、モツル、ブロイエル、フロイド等[2]は、之等の現象（論者注：二重意識）を以て、正常状態に於ても吾人の意識する意識と共に己に存在すれども、正常状態に於ては吾人に意識せられざる一種の意識が異常状態に於て現はるるに因る者となせり、即ち意識には上意識（Oberbewusstsein）と下意識（Unterbewusstsein）の二種ありて、下意識は正常状態に於ては吾人は之を意識せざるも、異常状態に於ては吾人の意識を占領して吾人の第二人格を現はす故に、両状態は各別々の記憶を有し、相互に他の状態に於ける経歴を知る事なしと云ふなり（十　忘却症）

また、佐々木はブロイアー、フロイト『ヒステリー研究』（一八九五年）にある症例エリーザベト・フォン・R嬢とエミー・フォン・N夫人を紹介している。

蠣瀬彦蔵「米国における最近心理学的題目の二三」は、蠣瀬がアメリカ留学で見聞したスピリチュアリズム、連想診断法とともにフロイトの精神分析を紹介している。フロイトについては、「自下頗る評判であるフロイド教授の精神分析法（プシコアナリーゼ）に就て一寸申しますれば是れは連想実験法によりてヒステリヤ等の精神神経症（プシコニーロース）の原因と称する潜伏観念を摘発し以て病を治するといふ法でありまして只に実際上のみならず又学理上に於ける一大創見であります」として、ヒステリー論と夢理論について言及している。

ヒステリヤは抑圧せられたる無意識的情調的潜在観念に基因す、かかる観念は主として幼年時代に於ける色情生活に関するものにして、此等の観念は後年意識の厳重なる検定（良心の制裁）の為め抑圧せられ遂に全く忘却せらるるも依然潜伏観念として存続し以て精神生活の乱調を来たす云々といふのであります。

両三年来頗る米国界を噪がし居るフロイドの夢の新説に就て一寸述べましよう。（中略）フロイド曰く「一切吾人の夢は抑圧せられたる欲求の隠蔽せられた充足に外ならざるなり」と同氏は先づ夢の成分を普通意識に現はるる所謂顕在の部分と意識に直接に現はれざる潜在の部分とに分ち、前者を夢の内容或は夢の材料と名け後者を夢の思想と名く、関連なき、専ら具体的、表号的夢材料より精神分析によりて意味ある関係ある目的ある夢思考を発見するのである。

蠣瀬は、東京帝国大学で心理学を学び、クラーク大学学長で心理学者のホール（Hall, G. S.）のもとに留学し（一九〇六年から一九一一年まで）、フロイトのクラーク大学での講演（一九〇九年九月）に出席した。蠣瀬は、この講演での記念写真にフロイトと一緒に納まっている（佐藤達哉『日本における心理学の受容と展開』北大路書房、平成十四年九月）。

これは、フロイトがホールからクラーク大学創立二十周年の記念行事の講演を依頼され、五回にわたる講演を行ったことによる。[3] この講演でフロイトは『ヒステリー研究』で言及した「トーキング・キュアー」や心的外傷について説明し、抑圧、抵抗、退行、転移、昇華、リビードなどといったフロイト独自の概念や、機知、失錯行為、子供の性欲動について語っている。また、『夢解釈』（一九〇〇年）で論じられた、潜在的夢思考が抵抗による歪曲によって顕在的夢内容となることや、この過程を「夢の工作」として縮合と遷移を取り上げるなど、広範囲にわたる精神分析の説明をしている。また、オイディプス王の神話とそのコンプレクスとして父殺しと近親相姦の欲望についても触れている。

森鷗外の他にフロイトに言及した明治期の文学者として、木下杢太郎がいる。木下は、明治四十二年五月二十二日の日記に「Otto Ranke の"Künstler"といふ書をよむ。Freud の説を祖述せるなり」（太田正雄『木下杢太郎日記 第一巻』岩波書店、昭和五十四年十一月）としている。

三、大正期の精神分析研究

明治四十五年一月に創刊された『心理研究』は、東京帝国大学文科大学哲学科心理学研究室の元良勇次郎らが中心となって編集した、日本初の心理学専門の雑誌である。蠣瀬彦蔵をはじめ『心理研究』の主な執筆者である上野陽一、大槻快尊は同研究室出身であり、当時日本で唯一心理学を学ぶことができる大学であった（佐藤達哉『日本における心理学の受容と展開』）。元良勇次郎は、「『心理研究』発刊の趣意」（『心理研究』明治四十五年一月）で、「初め哲学者の研究にかかり、主として内省法に依りたり」という状態であった心理学を「精神科学の基礎学」として独立した専門誌で扱い、「心理学に関する知識の普及」や「新しき心理学的研究を紹介すること」を目的に創刊したとする。フロイトについても、『哲学雑誌』に比べて多く紹介している。しかし、上野陽一「昇華作用と教育」（『心理研究』大正四年八月）以降、『心理研究』では精神分析論が下火になり、久保良英「お伽噺の精神分析」（『心理研究』大正七年四月）を最後に、自然に忘れられてしまったという（上野陽一「精神分析昔話」『精神分析』昭和八年七月）。

久保良英『精神分析法』（心理学研究会出版部、大正六年十月）は、日本で最初に精神分析を一冊の著作の中で紹介している。久保良英は、蠣瀬彦蔵と共に元良勇次郎のもとで学んだ。また、久保は蠣瀬彦蔵のすすめで元良も留学していたクラーク大学に留学し、ホールに心理学を学んだ。久保の『精神分析法』の「序」には、ホールの講義によってフロイトの学説に興味をもったとある。

第二章で論じる中村古峡は、夏目漱石門下として「殻」（『東京朝日新聞』明治四十五年七月二十六日～大正元年十二月五日）を発表した。しかし、漱石との関係悪化により作家としての活動を断念し、日本精神医学会を設立（大正六年五月）、異常な心理や現象を扱った雑誌『変態心理』（大正六年十月～大正十五年十月）を刊行した。『変態心理』廃刊後、古峡は精神科医となり、千葉に中村古峡療養所（現在の中村古峡記念病院）を設立した。

古峡のいう「変態心理」は、千里眼や透視、念写といった超常現象や、精神病、ヒステリーなどの精神病理を含み、それらは潜在意識に基づくとする。雑誌『変態心理』には、「潜在意識研究号」（大正十一年一月）など、潜在意識の研究がさかんに行われていた。森田正馬も『変態心理』に論文をたびたび掲載し、『神経質及神経衰弱の療法』（初版大正十年六月）を古峡の創設した日本精神医学会から刊行している。

中村古峡『変態心理の研究』（大同館書店、大正八年十一月）は、フロイトの「無意識」を「潜在意識」の一つとしている。

フロイドの説に従へば、吾々の普通意識の下には、吾々の幼年時代から今日に至るまで、時々節々に抑圧されたる諸種の観念の複合体や、或ひは性欲的の願望などが、強い、大きな潜在意識となつて活動して居るものであつて、ややもすると其れが吾々の普通意識の監視を破つて、其の中に現はれ出ようと企ててゐる。従つて吾々の普通意識作用は、此の無意識作用の支配を受けてゐることが頗る多いと云ふのである。フロイド曰く、『無意識は精神生活の一般的基礎として承認されなければならぬ。無意識は大なる円であつて、意識は其の中に含まれてゐる小さな円のやうなものである。意識的の諸事は、すべて無意識の中に其の第一歩を持つてゐる。故に無意識は仮令停止してゐても、而も精神活動として充分なる価値を要求し得るのである。（上篇「潜在意識とはどんなものか」。傍線論者、以下同様）

古峡は、フロイトの「無意識」を円の比喩で表現している[4]。この説明は、コーリアット[5]『変態心理学』("Abnormal Psychology"一九一〇年)の邦訳(一九一四年刊行の原書第二版に拠った佐藤亀太郎訳、大日本文明協会、大正十年二月)にあるフロイトの学説の紹介にほぼ一致する。

> 無意識思想は啻(ただ)に成年時代のみならず又極めて早い幼少の時代までも深く其識層を辿つて行くことが出来る。而して後者の場合には常に忘れようとする希望と連合して抑圧されたる性的本能が多い。此性的といふ語はフロイドには広い意味に於ては愛と同じやうに用ひられてゐる。無意識は種々なる状態に於て表現されるが、日常生活に於ては虚心(アブセント・マインド)の際に最も能く見られる。フロイドの言へる如く、無意識は精神生活の一般基礎で、今仮りに円周を以て之を表はせば、無意識は大円であり、意識は其中に含まれる小円である。意識的の事柄は総て皆、無意識の中に其第一歩を発してゐるのであるから、無意識は精神活動としては十分な価値を有するものと認めねばならない。(コーリアット『変態心理学』佐藤亀太郎訳)

中村古峡『変態心理の研究』とコーリアット『変態心理学』との間には、他にも潜在意識の学説の紹介などで一致する箇所が多いが、用語が異なっている。古峡はコーリアット『変態心理学』の原書 "Abnormal Psychology" を参考に『変態心理の研究』を書いた可能性がある。中村古峡「質疑応答」(『変態心理』大正八年四月)にも、

拙著「変態心理の研究」は、既に原稿がほぼ纏まつてゐますから、遠からず出版の運びになることと思ひます。

次に英語でも、変態心理学と銘打つた著述は、まだ左の一冊しか出てゐませぬ。

Coriat : — Abnormal Psychology.

此の書物は変態心理現象の全般に亙つて、簡単に能く説かれてあります。

とあり、古峡はコーリアット『変態心理学』の原書に言及している。

古峡には、その後も精神分析に関する著作がある。コーリアット「精神分析法解説」(中村古峡・大戸徹編述『変態心理』大正九年十月~大正十年九月)、中村古峡『精神分析学と現代文学』(岩波書店、昭和八年十一月)である。『精神分析学と現代文学』は、フロイトとその弟子たちによる文学論や、精神分析の影響を受けた日本の新心理主義文学について紹介し、プルースト

『失われた時を求めて』、ジョイス『ユリシーズ』、ウルフ『ダロウェイ夫人』『燈台へ』などの小説を概観している。しかし、『変態心理』廃刊後、精神科医となった古峡は、精神分析に批判的だった森田正馬と親交の影響もあり、精神分析について「療法としての分析には全く愛想をつかしてゐるのだ」と、大槻憲二に答えている（大槻憲二「探訪（八）中村古峡療養所」『精神分析』昭和十一年十一月）。

四、大正期の文学における精神分析

大正期の谷崎潤一郎は、変態心理やマゾヒズムを題材に小説を発表した。これについては、クラフト＝エビング『性的精神病質』（"Psychopathia sexualis" 一八八六年）の影響が指摘されている（細江光『谷崎潤一郎―深層のレトリック』和泉書院、平成十六年三月）。また、谷崎の小説にフロイトの影響は見られないとされる（曾根博義「フロイトの紹介の影響―新心理主義成立の背景」『昭和文学の諸問題』笠間書院、昭和五十四年五月）。

大正期にフロイトの紹介で大きな影響力をもったのは、厨川白村の主著『苦悶の象徴』[6]（改造社、大正十三年三月。初出は『改造』大正十年一月）である。『苦悶の象徴』は、自己の生命力と外部からの強制抑圧との衝突葛藤による苦悶に対し、「文芸は純然たる生命の表現であり、外界の抑圧強制から全く離れて、絶対自由の心境に立つて個性を表現し得る唯一の世界である」とする。また、精神分析の理論をもとに、「人生の苦悩が夢の場合に欲望が扮装し変装して出てくると同じ様に、文芸作品においては自然人生の色々な事象を身にまとつて象徴化して現はれる」（同）とする。さらに、『ヒステリー研究』と『夢解釈』について詳しく紹介し、エリーザベト・フォン・R嬢の症例（『ヒステリー研究』）に言及している。

大正期にフロイトに言及した小説には、芥川龍之介「死後」（『改造』大正十四年九月）がある。また、同月発表の「海のほとり」（『中央公論』大正十四年九月）に「識閾下の我」という無意識を示す表現が使われており、夢を題材とした芥川の小説とフロイトとの関連が指摘されている（山敷和男「芥川と二十世紀文学」『日本近代文学』昭和四十九年五月）。

芥川と親交のあった斎藤茂吉は「死後」について、「御作は「改造」の方を一段と好み申候感読仕り候、ああいうものになると微妙な深いものに相成り凡俗の読者には分かり申すまじく候。かかる不意識状を描写してフロイド一派の浅薄に堕せず実に心ゆくばかりと存じ候」（芥川龍之介宛書簡、大正十四年八月二十八日。引用は『斎藤茂吉全集第三十三巻』岩波書店、昭和四十九年十一月に拠る）と感想を述べている。

茂吉は、呉秀三が中心となって創設した日本神経学会の機関紙『神経学雑誌』で既にフロイトに言及していた。

ドナート。精神療法的傾向

Donath, Psychotherapeutische Richtungen. Mediz. Klinik. Nr. 43.

著者は精神療法に関する歴史を述べ、精神療法の特殊方法である催眠術に就て述べた。（中略）ブロイエル Breuer やフロイド Freud の精神分析法 psychoanalytische Methode は催眠術の暗示作用から出発し遂に独立するに至つたものである。（『神経学雑誌』文献抄録」明治四十五年八月）

茂吉は大正十年十月に日本を出発し、ウィーン大学とミュンヘン大学に四年間留学している。茂吉は、ウィーン大学神経学研究所でマールブルクの指導を受け、ミュンヘンではシュピールマイエルの教室（ドイツ精神医学研究所神経病理部）に入った。

通俗界では Freud の Psychoanalyse が存外勢力あり、若き医者などは、それを知らぬと何だかはばきかぬやうな面持の見え候ことも有之候。しかし Bleuler 一派の同情あるほか、心あるものは、本当には尊敬せぬらしく御座候。実験を重んずる日本に精神分析のLibidoの説などのばつこしなかつたのは偶然には御座なくと存じ候。（呉秀三宛書簡、大正十二年四月七日。『斎藤茂吉全集第三十六巻』）

茂吉は、大正十四年一月の帰国後もフロイトにたびたび言及するが、フロイトに対して否定的な見解が多い。しかし、「先便にて、書物御買求め御願仕り候が、なお先便のほかに、Freud氏著、Geschichte der Psychoanalyse. も御買求め願上げ候。帰朝以来、暇が無いので、医学の方の書物は読むのを断念しようと致したるに候いしが、時々は読みたくなりて、御無心仕る次第に御座候」（前田茂三郎宛書簡、大正十五年十二月二十二日。『斎藤茂吉全集第三十三巻』）と、フロイトの著作を購入しようとしており、気になる存在ではあったと思われる。

芥川が、どの文献によってフロイトに関する知識を得たかについても研究がある。曾根博義「フロイト受容の地層（続）―大正から昭和へ―」（『遡河』昭和六十一年七月）は、森田正馬の『神経質及神経衰弱の療法』（増補第五版、日本精神医学会、大正十五年五月）を、一柳廣孝「拡散する夢」（『人文科学論集（名古屋経済大学）』平成三年七月）は、厨川白村の『苦悶の象徴』（『改造』大正十年一月）の書名をそれぞれ挙げている。

森田正馬『神経質及神経衰弱の療法』（増補第五版）は、神経衰弱症などの神経病を総括して神経質と定義し、神経質の生理学的諸説と心理的諸説を紹介、その症例と症状を提示している。神経質の原因としては、身体的害因と精神的誘因を指摘している。神経質の療法については、従来一般に行われている神経質療法を取り上げたうえで、森田正馬独自の療法として臥褥療法、作業療法、説得療法などの紹介をしている。フロイトのヒステリー論については、「ヒステリーには、本人が其の感動を起した第一の動機を知らない為に、フロイドのやうな極めて手数の掛る精神分析法を用ひなければ、之を発見する事の出来ぬものが多い」という言及のみとなっている。フロイトの夢理論に関しては、ヒステリー論についての記述よりは多いものの、「フロイドの精神分析法、夢の意義等は、前に余の夢の処で説明したやうに（論者注：森田正馬「夢の研究」『変態心理』大正八年九月～大正九年二月）、神経質の診断上余は余り価値あるものとは認めないのである」と否定的であった。

五、昭和初期の精神分析研究

昭和初期の精神分析研究で大きな役割を果たしたのは、丸井清泰、矢部八重吉、大槻憲二、古澤平作の四人である。

丸井清泰は、アメリカのジョンズ・ホプキンス大学に留学（1916-1919）し、マイヤー（Meyer, A.）のもとで精神医学を研究した。帰国後は東北帝国大学教授として日本の大学で精神分析学の講義を行った[7]。また、昭和二年から手紙でフロイトに翻訳の出版許可を得て『フロイド精神分析大系』（アルス社）を出版した。昭和八年にはフロイトとの面会で許可を得て、国際精神分析学会仙台支部を設立した。丸井は、森田正馬とフロイトの理論を巡ってたびたび論争をしたことでも知られる（日本神経学会第二十六回総会、昭和二年）。

丸井清泰の門下生である古澤平作は、東北大学で丸井から精神医学を学んだ後、昭和六年にウィーンへ留学して精神分析を学び、フロイトと面会している。帰国後は国際精神分析学会仙台支部長となり、昭和三十年に日本精神分析学会を創設した。

心理学者の矢部八重吉は、丸井に次いでフロイトと面会し、翻訳出版の許可を得た。最初にフロイトから翻訳出版の許可を得ていた丸井は、その後三年間フロイトと連絡を取らなかった。そのため、次にフロイトと連絡を取った矢部が、翻訳と学会設立の許可を取ることができたという（北山修「日本の精神分析の黎明期」『精神分析研究』平成十七年二月）。これを受けて大槻憲二は『フロイド精神分析学全集』（全十巻、春陽堂、昭和四年～昭和八年）の翻訳を矢部八重吉のほか、文芸評論家の長谷川誠也（長谷川天渓、1876-1941）、対馬完治（1890-1975）らと行った。また、彼らは東京精神分析学研究所を設立し、大槻の編集による機関誌『精神分析』（東京精神分析学研究所、昭和八年五月〜昭和十六年三月、昭和二十七年一月〜昭和五十二年四月）を刊行した。雑誌『精神分析』には、森茉莉や江戸川乱歩も文章を寄せている。『フロイド精神分析学全集』は、他の訳者のものも実質は大槻が翻訳していたという（宗像和重「動坂界隈の作家たち――大槻岐美さんインタビュー」『早稲田大学図書館紀要』平成十三年三月）。

このように、昭和初期には大学に属する医学系の丸井清泰、古澤平作（国際精神分析学会仙台支部）と、在野を中心とした文系・心理系の矢部八重吉、大槻憲二（東京精神分析学研究所）によって精神分析の組織が二つ設立され、フロイトの許可による翻訳も二つの組織で同時に行われることになった。しかし、戦争によって雑誌『精神分析』は休刊し（昭和十六年三月〜昭和二十七年一月）、精神分析の受容は戦後まで断絶することになった。

六、昭和初期の文学における精神分析

伊藤整は、昭和初期にフロイトの精神分析やジョイスの「ユリシーズ」（一九二二年）の影響を受けた評論や小説を発表し、「新心理主義文学」を掲げた。

一九二九年の冬頃、僕はフロイドの学説に非常に興味を持ちはじめた。（中略）僕は、今になつて見れば大変な謬説であるが、精神分析はそれ自身で心理小説に基礎的な光明を投じうるものと信じてゐたので、ほとんど夢中になつてフロイドの訳本に読みふけつた。

もっとも、フロイドの「精神分析入門」から後を読んだものは、「入門」の演繹であるといふ感もないではなかつたが、一九三〇年の春にかけて、約半歳の間、ほとんど文学書から離れて、古い中村古峡氏や久保良英氏の紹介まで探し出して熱中してゐた。（「フロイドからジョイスへ」『都新聞』昭和七年五月十九日〜二十日）

伊藤整は、精神分析を応用した小説について「超現実主義はフロイディズムを理論上の出発点とするオトマチズムの文学であつたが、（中略）フロイディズムの分析的方法は少しも生かされてゐない」（同）とし、また「精神分析学から入つて心理小説を書けると思つてゐたのが、実は精神分析学が全くそれ自身文学的な仕事であつて、それの書き直ほししか出来ない」（同）と考え、ジョイスの「ユリシーズ」の記述法である「意識の流れ」を用いた小説を発表する。(8)

伊藤整の理解者であった川端康成は「新進作家の新傾向解説」（『文芸時代』大正十四年一月）で既に精神分析に言及していたが、伊藤整に続いて「意識の流れ」を用いた小説「針と硝子と霧」（『文学時代』昭和五年十一月）と「水晶幻想」（『改造』昭和六年一月、七月）を発表している。

同時期に小林秀雄もフロイトに言及している。「精神分析学とやらを批評に応用したがる。さぞいい切れ味だらう。心理学といふものは頭に来る酒みたいなものだ。安かつたと思つても、あとで屹度後悔する」（「批評家失格Ⅰ」『新潮』昭和五年十一月）など、初期から精神分析に否定的な見解を述べている。特に「ノイフェルト『ドストエフスキイの精神分析』」（『文学界』昭和十一年七月）では、集中的に精神分析について論じている。ノイフェルト『ドストイェフスキーの精神分析』（平塚義角訳、東京精神分析学研究所出版部、昭和十一年五月）は、ドストエフスキーの伝記的事実と作品を綿密に取り上げ、精神分析的な考察をしている。これを小林は、「どうも面白い本だとは思へませんでした」（同）といい、「フロイトにも「ドストエフスキイと親殺し」といふ論文があります。フロイトの論文の方が遥かに簡潔で精彩があつた様に記憶して居ります」（同）として、ノイフェルトよりもフロイトのドストエフスキー論を評価している。また、「ノイフェルトは「ドストエフスキイの生活と文学、彼の行為と感情、彼の運命と文学、それらは悉く彼のエディポス・コンプレックスから発生するものである」とこの論文を結んでゐる。全論文はただこの結論に達する為の分析以上のものではない」（同）、「ドストエフスキイといふ存在を、心理学的な仮定に還元」（同）していると批判する。

この小林の精神分析批判に対して、大槻憲二は「精神分析は飽迄も無意識の深部心理を対象とする科学である。科学の結論が人生哲学に直接交渉を持たないことは当然である」（「時言数題」『精神分析』昭和十一年九月、十月）と反論している。

小林の精神分析に対する態度は、フロイト『みずからを語る』（一九二五年）の受容以降、変化する。「フロイトの「自伝」を読むと、現代に広まつたフロイディスムといふ修養は、この先駆者の悩みとは無関係な事がよくわかる。彼の精神分析は、もともと、神経症の治療といふ限られた目的から発した方法であり、言はば、患者の意識と無意識との間の関係についての、臨床上の諸発見の総体を指すものであつた」（「感想」『新潮』昭和三十三年五月〜昭和三十八年六月、未完）、「精神分析の方法は、医者が思ひ附いたのではない。寧ろ患者が医者に教へたものだと言へる。患者が治癒によつて保証するこの方法を、患者から得た時、フロイトは、在来の精神生理学や実験心理学の方法の自負する客観性を、抽象的な思ひ附きと確信する事が出来たと言へる」（同）といい、小林の遺作「正宗白鳥の作について」（『文学界』昭和五十六年一月〜十一月、未完）でも、フロイトへの言及に多くの頁を割いている。「私のフロイトに関する知識は、すべて日本教文社版の「フロイト選集」に負ふ」（同）、「私が開眼したのは、「フロイト選集」に接した時に読んだ「己れを語る」と題した彼の著作によつてであつた。（中略）私は直かに感銘を伝へられた。「フロイディズムは、フロイトといふ人間を欠いてゐる」といふ声をはっきり聞いたのである」（同）と、小林は晩年までフロイトに言及していた。

このように、小林はフロイトの「自伝」によって精神分析の形成過程を知り、一般に知られているフロイディズムとフロイト自身の理論を明確に区別することができるようになったと思われる。

七、戦時中の大槻憲二

大槻憲二による雑誌『精神分析』が創刊された昭和八年は、ヒトラーがドイツの首相になり（一月）、日本は国際連盟を脱退した（八月）年である。フロイトもまた、世界情勢の悪化に巻き込まれた。ドイツではユダヤ人への人種差別が行われ、焚書によりアインシュタイン、マルクス、カフカなどと共にフロイトの著作も燃やされた。オーストリアにいたフロイトは、「続・精神分析入門講義」[10]「戦争はなぜに？」[11]（いずれも一九三三年）を発表している。

ナチスドイツは一九三八年三月にオーストリアを併合した。フロイトは弟子の二人、ジョーンズ（1879-1958）の説得とマリー・ボナパルト（1882-1962）の協力により、六月にロンドンへ亡命した。一年後の一九三九年九月、フロイトはがんにより死去した。

大槻憲二は文芸評論家であったが、マルクス主義を批判してからはフロイトの精神分析をよりどころとして、雑誌『精神分析』を創刊する。大槻は『精神分析』で「科学的（精神分析的）文学批評論序説」（昭和九年四月）や「科学としての精神分析学の特殊性」（昭和十年一月）などを発表している。これらは、後に大槻が小林秀雄「ノイフェルト『ドストエフスキイの精神分析』」を批判したように、精神分析を科学として、普遍的であること、対象に因果関係を認識することを科学の根本要件としている。

大槻は「精神分析道徳論」（昭和十一年十一月）で、イタリアのエチオピア侵略（一九三五年十月〜一九三六年五月）を暴挙と批判するなど、戦争が迫るにつれて政治的な発言が増えていく。「日本人の弱点と家族主義の功罪」（昭和十五年一月）「日本人の性格的欠陥とその原因」（昭和十五年七月）「日本人の奴隷根性」（昭和十五年七月）「日本国民性の再教育」（昭和十六年三月）では、日本人の性格について批判的に論じている。

雑誌『精神分析』は、昭和十六年四月に廃刊となった。「雑誌『精神分析』廃刊の辞」（昭和十六年四月）によれば、昭和十六年三月、『精神分析』も含む六十社あまりの雑誌が当局の統制により廃刊届を強制的に提出させられたという。

大槻は『精神分析』廃刊後も著作の発表を続けている。『科学的皇道世界観』（東京精神分析学研究所、昭和十八年三月）では、「幸にしてわが日本主義、皇道主義、八紘一宇主義は欧米的な如何なる世界観よりもこの人類救済の目的に協つたものであることを私は確信する」（序）とあり、「日本人優秀の科学的証明法」（第一篇第二章）を、優生学や温帯気候であることなどから論じている。また、「欧米世界観批判」（第二篇）として、「英米は民族国家ではなく利益国家である」ため、「一番の弱点は国家内の民族的紐帯が極めて弱いと云ふことにある」とする（第二篇第一章）。『精神分析』の頃と比較して、戦時下という時代の影響を強く受けている。また、『日本の反省』（昭和十六年十月）では、「私は今や日本人は上下挙つて自国及び他国に就いて反省し、現実をありのままに認識することから出発するのが一番必要なことだと信じてゐる」として、東亜共栄圏や日本人の性格、日本の官僚について論評し、最後に、三国干渉を受けた日を「国辱記念日」として、毎年一度は反省しようと提案する。この『日本の反省』は発行後二ヵ月で発禁になった（大槻憲二『精神分析者の手記』白井書房、昭和二十二年四月）。

昭和二十年二月、大槻は栃木県那須郡野崎村に疎開する。大槻は、「ぜいたくは果たして敵か」という講演をしたため、軍部に目をつけられ、尾行がついたという（宗像和重「動坂界隈の作家たち――大槻岐美さんインタビュー」『早稲田大学図書館紀要』平成十三年三月）。終戦も同地でむかえる。「軍部、官僚と云ふ誠に厄介な存在は日本の自力では何とも致し方のなかったのに、アメリカのお蔭でこの積年の国民的病毒が切開手術せられるのだと思ふと、感謝していいのか、嘆息していいのか、訳のわからぬ気分に囚はれるのである」(大槻憲二『精神分析者の手記』第三篇)。また、「固より私にも何とか日本を救つてやりたいと云ふ念願はあつた。如何に私の意に反した戦争ではあつたにしても、戦争が現実となつて了つて、もしかしたら大変なことになると分かつてゐる時に、没落を念願することが果して正しい国民的愛情であると云へようか。この愛情がなければ非国民であり、国賊である、マゾヒストである。併し私は日本敗北の可能性に気付かぬほど盲目ではないし、またその可能性を知つて曲学阿世するほど無良心ではない」(第三篇)と終戦後に述べている。

八、戦後の精神分析と文学

戦後、昭和二十四年に古澤平作が設立した精神分析研究会は、昭和三十年に日本精神分析学会となった。文学者の間にも精神分析の知識は広く知られるようになる。大岡昇平「俘虜記」(『文学界』昭和二十三年二月)には、「私は精神分析学者の所謂「原情景」を組立てて見ようとする。この間私の網膜に映った米兵の姿は、確かに私の心理の痕跡を止めているべきである」、「しかし今私は「原情景」を検討して、私が映像を選択して保存しているのを知った」(共に「俘虜記」）とある。

坂口安吾は、亡くなる六年前の昭和二十四年二月二十三日に東大病院神経科へ入院した。安吾は「僕自身発病して入院するまで、フロイドの方法をかなり高く評価していた。然し、入院して後は、突如として、フロイドの方法はダメだという唐突な確信をいだいた」（「精神病覚書」『文藝春秋』昭和二十四年六月）という。

最も精神の衰弱し不安定となっている僕は、何の暗示をうける必要もなく、あらゆる抑圧が、殆ど不可能になりつゝあり、そして、抑圧が不可能になりつゝあるということが、僕を最も苦しめ、病状を悪化させてもいるのであった。つまり患者としての僕がその時最も欲しているものは、たゞ一つ、抑圧、それに外ならなかったのだ。抑圧を解放してはならないのだ。あらゆる抑圧を解放すれば、人間がどうなるか、分りきっている。色と慾。たゞ動物。それだけにきまっているのだ。

フロイドの方法は、理論的に、構成に巧みであるが、あそこから、決して実際の治療はでゝこない。

僕個人の場合であるが、患者としての僕が痛切に欲しているものは、たゞ単に健全なる精神などという漠然たるものではなく自我の理想的な構成ということであった。(「精神病覚書」)

戦後、精神分析の方法を用いた代表的な作品に、三島由紀夫「音楽」(『婦人公論』昭和三十九年一月〜十二月)がある。これは、ヒステリーで冷感症の女性を精神分析医が治療する小説である。その女性は、兄との近親相姦という秘密を告白し、落ちぶれてしまっている兄と再会することでヒステリーから回復する。

三島は「フロイトは中学生のころ私の座右の書であった」(「フロイト「芸術論」」『日本読書新聞』昭和二十八年十月十九日)としつつも、十六歳で既に「大槻憲二(母の亡兄の友だちださうですが)といふ人の「精神分析読本」をよみ、やはり下らないと思ひました。精神分析は飽きました」(東健宛書簡、昭和十六年九月十六日。引用は『三島由紀夫全集第三十八巻』新潮社、平成十六年三月に拠る)としている。その後も「芸術の体験的把握を離れた分析の図式主義と、芸術を形成する知的な要素と官能的な要素との相関関係の解明にとどまつて、「雞が先か卵が先か」といふ循環論法に終始してゐる」(「フロイト「芸術論」」)、「もともと不気味で不健全なものとは、芸術の原質であり、又素材である。それは実は作品によつて癒やされてゐるのだ。それをわざわざ、民俗学や精神分析学は、病気のところへまでわれわれを連れ戻し、ぶり返させて見せてくれるのである」（『日本文学小史』講談社、昭和四十七年十一月）と、精神分析に否定的であった。

武田泰淳「富士」（『海』昭和四十四年十月～昭和四十六年六月）は、戦時中の精神病院を舞台としており、フロイトやヤスパースについて言及している。フロイトのエディプスコンプレクスを物語論として受容した中上健次については、第五章で検討する。

九、まとめ

近代の精神医学は、脳や遺伝など身体を原因として大学を中心に研究が進められた。しかし、フロイトは性を神経症の原因とし、開業医として無意識やエディプスコンプレクスの概念を中心とした精神分析の理論を生み出した。

日本におけるフロイト紹介の初期は、多くが心理学者による紹介であった。しかし、大正期の中村古峡や昭和初期の大槻憲二のように、元々は文学者であったのが、精神分析に関心をもつことで普及に大きな役割を果たした者もいた。文芸評論では、伊藤整の新心理主義文学のように文学の潮流のひとつとなる動きもあったが、小林秀雄の批判が示すように、精神分析の方法が文芸評論の主流にはならなかった。

日本の精神分析も海外と同様、医学者による大学での研究よりも、文学者や在野の研究者による受容がさかんに行われたのである。

第一章　森鷗外によるフロイトの神経症論への言及

一、鷗外のフロイトへの言及の年月

日本で最初のフロイトへの言及として、曾根博義「フロイト受容の地層―大正期の「無意識」―」（『遡河』昭和六十一年三月）は、森鷗外が「性欲雑説」（『公衆医事』明治三十五年十一月〜明治三十六年十一月）でフロイトの説に触れていることを指摘しているが、詳しい内容や正確な年月は調べられていない。安齊順子「日本への精神分析の導入と丸井清泰」（『心理学史・心理学論』平成十二年十月）[1]は、佐々木政直「ステーリング氏の心理学に関する精神病理学（其四）」（ステーリングの講義録の翻訳紹介、『哲学雑誌』明治三十六年八月）[2]で、フロイトの『ヒステリー研究』（一八九五年）[3]の症例エリーザベト・フォン・R嬢の紹介があることを指摘している。

曾根博義の前掲論文は、鷗外のフロイトへの言及が明治三十五年十一月から明治三十六年十一月としている。しかし、これは雑誌『公衆医事』に「性欲雑説」が連載された期間であり、フロイトへの言及にあたる箇所が正確に示されていない。

本章でまず明らかにするのは、鷗外がフロイトに言及したのは「性欲雑説（男子の性欲抑制）」と括弧内に鷗外による副題のついた『公衆医事』明治三十六年四月と九月の二回の連載が最初ということである。これまで、安齊順子のいう佐々木政直「ステーリング氏の心理学に関する精神病理学（其四）」（明治三十六年八月）と鷗外のどちらの言及が早いか不明であったが、これにより鷗外のフロイトへの言及が佐々木政直より四ヵ月早いことが明らかになった。

鷗外の「性欲雑説（男子の性欲抑制）」は、『衛生新篇』第五版（南江堂書店、大正三年九月）に「男子の性欲抑制」の項目で再録された。この『衛生新篇』第五版には『公衆医事』になかった「避妊」の項目が新たに設けられ、ここにもフロイトの説が紹介されている。本章では、「性欲雑説（男子の性欲抑制）」と「避妊」がフロイトのどの論文を参考にしたかを明らかにし、鷗外によるフロイト受容を考察する。

二、鷗外によるフロイトへの言及の背景

鷗外の『衛生新篇』第五版発表に至る経緯と時代背景を確認する。鷗外は、明治十七年から明治二十一年まで、衛生学研究と陸軍衛生部の調査の目的でドイツに留学した。ライプツィヒ大学では衛生学者のホフマン（Hoffmann, F.）に師事し、「日本兵食論大意」（『陸軍軍医学会雑誌』明治十九年一月）を発表している。ミュンヘン大学衛生部に移ってからは、ペッテンコーフェル（Pettenkofer, M. J. v.）に衛生学を学び、「麦酒の利尿作用に就いて」の研究発表をした。べ

ルリン大学では、コッホ（Koch, R.）の衛生試験所に入り、細菌学研究を行った。
鷗外は、留学中の明治二十年四月半ば、ベルリンで友人の青山胤通からクラフト＝エビング（Krafft-Ebing, R. v.）のことを聞き、"Psychopathia Sexualis"（『性的精神病質』一八八六年）をすぐに読んだ。明治二十一年九月の帰国後、鷗外は『性的精神病質』の日本での初出の可能性が高いとされる「ルーソーガ少時ノ病ヲ診ス」（『東京医事新誌』明治二十二年三月〜四月）をはじめ「外情のことを録す」（『裁判医学会雑誌』明治二十二年五月）、「西人ノ虚辞、我ヲ誣詆ス」（『東京医事新誌』明治二十二年九月）、「男色の事」（初出未詳）でクラフト＝エビングについて論じたという（斉藤光「クラフト＝エビングの『性的精神病質』とその内容の移入初期史」『京都精華大学紀要』平成十一年三月）。[4]
また、鷗外は精神病学者の呉秀三『脳髄生理　精神啓微』（松崎留吉、明治二十二年九月）の評論「精神啓微ノ評」（『医事新論』明治二十二年十二月）を発表し、『呉教授莅職二十五年記念文集』（呉教授在職二十五年祝賀会、明治二十九年四月）の第参輯に「狂癲ノ二字」を寄せるなど、呉秀三と交流があった（岡田靖雄ほか「呉秀三先生と周辺の人びと―とくに森鷗外および呉文聡との関係をめぐって」『医学史研究』昭和四十九年六月）。
鷗外文庫には精神医学関連の蔵書がある。[5] 蔵書の一つであるシャルコー（Charcot, J. M.）『神経病臨床講義』（佐藤恒丸訳、明治三十九年九月・四十年五月・四十四年三月）は、ドイツ語版からの重訳であるが、一巻目にあったドイツ語版の訳者フロイトの膨大な註釈がほとんど削除されている（江口重幸「Jean-Martin Charcot の火曜講義とその日本語版の成立」『精神医学』平成四年一月）。この『神経病臨床講義』は、鷗外が主筆として編集を行った雑誌『東京医事新誌』[6]で明治三十三年から明治三十九年にかけて連載された。

鷗外の衛生学教科書は、『陸軍衛生教程』（陸軍軍医学校、明治二十二年三月）が最初である。明治二十三年七月に日本公衆医事会を設立し、明治二十九年十二月には、『衛生新篇』第一冊（小池正直との共著、南江堂）を刊行した。『衛生新篇』は、鷗外の衛生学の集大成で、日本人による最初の衛生学書である（伊達一男『医師としての森鷗外』績文堂出版、昭和五十六年二月）。その後、一般向けに衛生学の概要を示した『衛生学大意』（博文館、明治四十年七月）を経て、『衛生新篇』第四版（明治四十一年三月）は一〇三二頁だったが、『衛生新篇』第五版（大正三年九月）では一八三〇頁となり、内容が大幅に増している。これは、共著者である小池正直の死後（大正二年十二月）、鷗外が日本公衆医事会の機関誌『公衆医事』などに掲載した論文を『衛生新篇』第五版に新たに編入し、全面組換えを行ったためである。

『公衆医事』は、明治三十年一月から明治三十八年十一月まで刊行された。「性欲雑説」は、明治三十五年十一月から明治三十六年十一月まで『公衆医事』に連載され、フロイトに言及している「性欲雑説（男子の性欲抑制）」以外にも「性欲の神経機関」「性欲及春機発動」「月経の障礙」「月経は神経性諸病に影響す」「経終期の神経性障碍」「女子の渇欲」「婬荒」「独婬」「性交と神経病及其素質と」の項目があり、神経病や精神病と性の関連について論じている。

鷗外は、『衛生新篇』第五版の総論で「近時又所謂新マルッス論 Neomalthusianismus 起り妊娠を防止して人口の増殖を妨げ以て貧困を免れんとする者多く其弊言ふに堪へざるに至れり」として、妊娠の防止の必要性を主張する学説を紹介している。このため、『衛生新篇』第五版の「生殖」の項目に「男子の性欲抑制」や「避妊」などが新たに組み込まれたものと思われる。

作家としての鷗外は、「舞姫」（『国民之友』明治二十三年一月）、「半日」（『スバル』明治四十二年三月）、「魔睡」（『スバル』明治四十二年六月）、「ヰタ・セクスアリス」（『スバル』明治四十二年七月）で精神医学的な題材を取り上げている。

三、「性欲雑説（男子の性欲抑制）」のフロイトへの言及

鷗外は「性欲雑説（男子の性欲抑制）」連載第一回（『公衆医事』明治三十六年四月）で、性欲

抑制が有害か無害かについて、学者の諸説を列挙している。

まず、レーヴェンフェルト（Löwenfeld, L.）[7]は「実験」により、「制欲の結果の、真に医治を要するに至るものは、別に外因の来り加はるあり。或は性欲上の刺激常より大なるあり、或は神経系の抗抵常より減ぜるあり」とする。これについて鷗外は、クラフト＝エビングのいう「性欲上神経衰弱百十四例中発情不遂の者十三例を得たり」を取り上げ、レーヴェンフェルトの説の傍証としている。

次に、窒欲有害説としてフロイトの説を紹介している。「FREUD の曰く。性欲抑制は、就中之を遂ぐること困難なるに当りて、神経衰弱性及蔵躁性怔忡状態の因たりと。近時 GATTEL[8] は KRAFFT-EBING の許に在りて経験する所あり。此 FREUD の説に左袒したり」。

また、窒欲無害説としてオイレンブルク（Eulenburg, A.）によるフロイト批判の紹介をしている。「EULENBURG は以為へらく。尋常の境遇に在る者の、単に性欲不遂の故を以て、神経衰弱若くは性欲上神経衰弱乃至諸他の疾患に陥いらんことは、恐らくは絶無ならん。彼の FREUD が窒欲を以て怔忡状態の因と為せるは信憑し難しと。」按ずるに、十全健康なる者の窒欲して害を受くることなきは、明白なり」。クラフト＝エビングも窒欲無害説を否定しないとして、「VON　KRAFFT-EBING は、遺伝の故を以て性欲旺盛なるものをして、強ひて婬欲を制圧せしむることの、衛生上不利なることあるべく、往々神経諸病及精神病の因と為るに至るべきを説きたり」とする。

さらに、レーヴェンフェルトの実験による性欲抑制の際に発した憂悶状態の例を六例報告している。

鷗外は、続く「性欲雑説（男子の性欲抑制）」連載第二回（『公衆医事』明治三十六年九月）でもフロイトに言及する。「性欲抑制の果して真に憂悶状態の因たるや否やは、早くBEARD, FREUD, GATTEL諸家の肯定を経たりと雖、猶之を疑ふものあり」。

また、レーヴェンフェルトによる、性欲抑制以外の他因の認められない憂悶状態の例を十例挙げている。鷗外は、性欲抑制によって「苦悶状態に陥いりしものの通例を見るに、大抵神経質の遺伝あり」としている。さらに、「太だ頻なる遺精の有害なるは論なし〇FREUD, LOEWENFELD」、「性欲抑制の有害説（LALLEMAND）は一概に排すべからざるが如し」とする。

結論として、「暫時の性欲抑制（旅行、配偶の病）に悪結果を見るは、殆ど必ず神経性素因あるもの及神経衰弱者に於いてす」、「男子の窒欲は神経系を害することなきに非ず。而れども其害は多く軽微にして、時に或は神経上及精神上重患を見るは破格に属す」とある。

四、「避妊」のフロイトへの言及

「避妊」（『衛生新篇』第五版、大正三年九月）は、マルサス（Malthus, T. R.）が「子多く食足らさんことを憂へて公然結婚の掣肘に言及せし（On the principles of Population）」とし、その後のNeomalthusianismusが、結婚の制限は難しいため、代わりに避妊を行うとしたとする。鷗外は、避妊の方法を十三種箇条書きし、避妊の悪結果と神経病学者の諸説を列挙している。

クラフト＝エビングの説については、「生殖器神経衰弱一一四人中唯一人の中絶交合者ありき而して其人は先天的神経異常ありき女子に於いては中絶交合の影響独姪と同じくしばしば神経衰弱を致す」とする。

フロイトの説については、「Freud は神経衰弱及蔵躁に於いて見る所の怔忡状態（Angstneurose Freud）は中絶交合に因することありと為し且曰く女子は暢美感を得るに先だちて中絶せらるる時に限りて其弊を受く男子は丟精を遅延せしむる時に限りて（此説事実に反す）神経衰弱を兼ぬる怔忡状態に陥る純粋なる怔忡状態は少しと」する。

レーヴェンフェルトの説については、「男子（三十五例）の疾患は中絶交合を唯一因となすもの少し症状は全数の三分の二に於いて脳神経衰弱兼怔忡状態を見る之に心機衰弱を伴へり」。

また、「女子（十五例）の疾患は中絶交合を唯一因とするもの極めて少く全数の五分の四は先天性神経質あり徴候は殆皆脳神経衰弱にして怔忡状態を兼ぬ」としている。

五、鷗外文庫所蔵のフロイト著作

鷗外の旧蔵書である東京大学総合図書館鷗外文庫所蔵のフロイト著作には、Freud, S.: *Über den Traum*. 307-344, Bergmann, Wiesbaden, 1901.（フロイト『夢について』）、Freud, S.: *Drei Abhandlungen zur Sexualtheorie*. 2.Aufl, Deuticke, Leipzig und Wien, 1910.（フロイト『性理論三篇』第二版）の二冊がある。

『夢について』は、フロイトの主著の一つ『夢解釈』（一九〇〇年）の概略である。夢は願望の実現（欲望成就）であり、縮合や遷移という夢の作業による抑圧によって隠蔽されている。また、夢では性器が象徴によって示されることなどを端的に説明している。

鷗外文庫所蔵『夢について』には次の書入れがある（図版は東京大学総合図書館所蔵資料。46頁図版も同じ）。

Gravidität
Schwangerschaft

Dann ist die Mittheilung des Traumes eine Gravidithosiätsanzeige, und sein Sinn ist, dass er den Wunsch erfüllt zeigt, die Gravidität möge doch noch eine Weile ausbleiben.[9]（とすると、奥さんがこの夢を夫に伝えたということは、妊娠を告げたということであり、生理が来たということの夢の意味は、もうしばらく妊娠はしたくないという欲望の成就だということになる。

——道籏泰三訳「夢について」『フロイト全集6』岩波書店、平成二十一年八月）

本文中のGraviditätに矢印があり、Schwangerschaftという書入れがある。これは、Gravidität（妊娠）の意味をSchwangerschaft（妊娠）で注釈を加えたものと思われる。

『性理論三篇』第二版は、性的な逸脱を性対象倒錯（同性愛など）と、性目標倒錯（窃視症、露出症、フェティシズム、サディズム、マゾヒズムなど）に分けている。また、小児期にも見られるように、性目標倒錯の素質は人間の性欲動の根源的で普遍的な素質と考えられるが、成熟とともに身体的な変化と心的な抑止が行われ、正常な性行動が発達してくるとする。

鷗外文庫所蔵『性理論三篇』第二版のページ上余白部分にも書入れがある。

per = durch
anum = Akkusativ von Anus = 'altes Weib od. Lebensloses Ding von weiblichem Gesch.'

per = durch
anum = Akkusativ von Anus = altes Weib od. Lebensloses Ding von weiblichem Geshlecht.
（=通って、貫いて／anum（ラテン語）=肛門を=年老いた女。または、生命のない女性の器
——論者訳）

書入れの内容に対応する本文は以下の箇所と思われる。

Bei Männern fällt Verkehr per anum durchaus nicht mit Inversion zasammen;(10)
（男の場合、《肛門による》性交は、対象倒錯とけっして重なるものではない——渡邉俊之訳「性理論三篇」『フロイト全集6』岩波書店、平成二十一年八月）

この書入れも単語の意味を注釈したものと思われる。

鷗外文庫所蔵の『夢について』と『性理論三篇』第二版には、どちらも本文中の文末に鉤括弧が繰り返し最後まで書き入れてある。これを鷗外の書き入れとするならば、フロイトを最後まで読んだ証拠だといえるだろう。しかし、これら二冊の蔵書には、「性欲雑説（男子の性欲抑制）」と「避妊」の内容に直接一致する点はないため、どちらにしても影響関係を考えることはできない。

六、鷗外とフロイトの「不安神経症」論文

鷗外は「避妊」に「怔忡状態（Angstneurose Freud）」と、不安神経症とフロイトの名を併記している。そのため、鷗外はフロイトが「不安神経症」という病名を提唱していたことを知っていたといえるだろう。そこで、「ある特定の症状複合を「不安神経症」として神経衰弱から分離することの妥当性について」（『神経学中央雑誌』一八九五年一月。以後「不安神経症」論文と略す）[11]と、鷗外の「性欲雑説（男子の性欲抑制）」、「避妊」の類似箇所を検討する。

まず、鷗外「性欲雑説（男子の性欲抑制）」は、「FREUDの曰く。性欲抑制は、就中之を遂ぐること困難なるに当りて、神経衰弱性及蔵躁性怔忡状態の因たりと」としている。フロイト

は、不安神経症を神経衰弱とヒステリーから区別しているが、症状複合となる場合も指摘している。また、「神経症が後天性のものであると考える根拠がある場合には、丁寧に的を絞って問診をすると、病因として作用している要因として、性生活に由来するさまざまの有害事象や影響を見出すことができる」（フロイト「不安神経症」論文）として、「男性における不安神経症の性的な決定因子」に「a　自らの意志による禁欲者の不安」、「b　（婚約期間中であるため）性的興奮を最後まで充たせないままで終わった男性、あるいは、（性交渉の結果に対する恐れから）女性を触るだけあるいは見るだけで我慢している男性の不安」、「c　体外射精をする男性の不安」、「d　老年期にある男性の不安」を挙げている。これらは、鷗外の言及と同じく、性的抑制が神経症の原因であることを示している。

さらに、次の鷗外「避妊」引用箇所は、フロイトの「不安神経症」論文における、不安神経症の性的な決定因子「c　体外射精をする男性の不安」の引用箇所とほぼ一致する。

Freud は神経衰弱及蔵躁に於いて見る所の怔忡状態（Angstneurose　Freud）は中絶交合に因することありと為し且曰く女子は暢美感を得るに先だちて中絶せらるる時に限りて其弊を受く男子は丟精を遅延せしむる時に限りて（此説事実に反す）神経衰弱を兼ぬる怔忡状態に陥る純粋なる怔忡状態は少しと。（森鷗外「避妊」、傍線は論者による。以下同様）

c　体外射精をする男性の不安。すでに触れたように、体外射精は、女性の性的満足に配慮なしで行われた場合には、女性にとって有害である。しかし、女性の満足を得るために、性交を意図的に誘導して、射精が先延ばしにされると、体外射精は男性にとっての有害事象となる。こう考えると、体外射精を日常的に行っている夫婦において、片方だけが通常は罹患するのが理解できることになる。男性においては、体外射精は通常は極めて稀にしか純粋な不安神経症を生じることはなく、大抵は、神経衰弱との混合を生じる。（フロイト「不安神経症」論文）

鷗外は、前記の「避妊」引用箇所でフロイトの不安神経症論に対して「（此説事実に反す）」としている。ここで鷗外が何を事実としてとらえていたかが問題となるだろう。鷗外は、フロイトの窒欲有害説よりもレーヴェンフェルトやクラフト＝エビングの遺伝説を支持しているように見える。それは、「性欲雑説（男子の性欲抑制）」の論文全体のうち、半分の頁でレーヴェンフェルトの症例を紹介し、「避妊」でのレーヴェンフェルト引用部分は、フロイトの中絶交合の原因説を直接批判しているからである。これは当時、神経症の病因を遺伝とする説が主流であったことが反映していると思われる。クラフト＝エビングは『性的精神病質』（一八八六年）以降、精神医学界に影響力を持っており、鷗外が述べているように、神経症の根本的な病因を遺伝としていた。これに対し、フロイトは「不安神経症」論文発表後の反応を「医師たちの会合の場で私の知見について講演する機会を数回得たものの、そこで待ち受けていたのは不信と反論ばかりだった[12]」としている。また、フロイトは「ヒステリーの病因論のために」（一八九六年五〜六月[13]）で、ヒステリーの病因を幼児期の性的な外傷体験の記憶とした。しかし、「精神医学会でのヒステリーの病因に関する講演はばか者どもからは冷やかに受け取られ、クラフト＝エビングからは、「それは科学的なおとぎ話のように聞こえる」という、奇妙な評価を受けました[14]」と不満を述べている。

遺伝因を支持するレーヴェンフェルトも、フロイトの「不安神経症」論文の二ヵ月後に発表した「発作の形成における神経衰弱症状とヒステリー症状の結合について。フロイトの〈不安神経症〉に対する所見を含めて」（一八九五年[15]）で、「フロイトによって〈後天性の〉不安状態に関して仮定された性的病因の規則性と特異性」に疑問を投げかけた。これに対し、フロイトは「「不安神経症」に対する批判について[16]」で、不安神経症の病因論を「条件――遺伝」、「特異的原因――性的要因」、「補助的原因――すべての月並みな有害要因、たとえば感情の動揺や驚愕、あるいは病気や過労による身体的消耗など」と分類し、「遺伝は、大抵の場合、ただそれだけで不安神経症を発生させられるわけではない。特異的性的有害要因が十分な程度に付け加わってはじめて不安神経症が発生する」（同）としている。

フロイトは、神経症の性病因論について「神経症の遺伝と病因」（一八九六年）[17]や、前掲「ヒステリーの病因論のために」（一八九六年）など同時期の論文で繰り返し言及している。また、「神経症の病因論における性」（一八九八年）[18]では、幼年期の性生活と事後性を病因とする「精神神経症（ヒステリー、強迫神経症）」と、現実の性生活の身体的な障害を病因とする「現勢神経症（神経衰弱、不安神経症）」の二つに神経症を分類している。

鷗外は「性欲雑説（男子の性欲抑制）」（明治三十六年四月）でフロイト説の支持者としてガッテル（Gattel, F.）の名を挙げている。これは、鷗外が当時の精神医学の動向を把握していたことを窺わせる。ガッテル『神経衰弱と不安神経症の性的原因について』（一八九八年）は、「神経衰弱の病因と不安神経症の病因についてのフロイトの仮説をウィーン大学病院精神科（クラフト＝エビング）の百人の患者への質問によって統計的に確証しようと努力している」（マッソン編『フロイト　フリースへの手紙』）が、「壊滅的な批判を受けた。その批判は疑いなくウィーンの精神医学の公式見解を示しており、基本的にはフロイト自身に当てつけたものであった」（同）。フロイトは、ガッテルを「真の弟子」としているが、後に評価を下げ、「僕の弟子ドクター・ガッテルはいささか期待はずれでした」（同）としている。また、ガッテルの『神経衰弱と不安神経症の性的原因について』についても「僕の印象は完全に好意的でないわけではありません」としている（同）。

このように、鷗外は性欲抑制と避妊についての学説を紹介することが目的だったため、「不安神経症」論文をめぐるフロイトとレーヴェンフェルトの論争を直接取り上げたわけではない。しかし、鷗外は、当時の精神医学における学説を論文にまとめるにあたり、遺伝因と性的要因という二つの病因論を明確にとらえ、論文に反映させたといえるだろう。

また、鷗外はフロイトを性病因論の代表者として認識しており、このことが鷗外の思想に何らかの影響を与えた可能性がある。ここに前記の、『性理論三篇』の読書体験を合わせて考えてみるならば、「ヰタ・セクスアリス」（『スバル』明治四十二年七月）など鷗外の心理学的な趣向を持った作品の中に、フロイトからの影響が隠れているのではないかということ、さらに、「魔睡」（『スバル』明治四十二年六月）に見られる催眠術との関連について、今後調べていく必要があるのではないかと思われる。

七、まとめ

鷗外のフロイトに関する最初の記述は明治三十六年四月で、佐々木政直「ステーリング氏の心理学に関する精神病理学（其四）」よりも四ヵ月早い。「性欲雑説（男子の性欲抑制）」と「避妊」は、男子の性欲抑制が有害か否かについて論じており、中絶性交を神経症の原因とするフロイトの「不安神経症」論文の影響を窺わせる内容であった。

鷗外文庫所蔵のフロイト著作は『夢について』と『性理論三篇』第二版で、「不安神経症」論文の掲載された『神経学中央雑誌』は鷗外文庫になかった。しかし、鷗外の二つの論文は、フロイトの「不安神経症」論文の内容を正確にとらえ、当時のウィーンの精神医学界における遺伝因論と性病因論の対立を明確にまとめていた。

第二章　中村古峡「殻」における統合失調症の描写とエピーパトグラフィー

I　中村古峡と「殻」

一、中村古峡の経歴

中村古峡（1881-1952）の代表作「殻」（『東京朝日新聞』明治四十五年七月二十六日～大正元年十二月五日）は、精神に異常をきたし、若くして亡くなった実在の弟をモデルにした小説である。本章では、古峡の経歴を紹介し、「殻」に描かれている弟の精神病理について検討する。また、その精神病理に親しく立ち会った古峡の創造性のありようとその変遷を病跡学の観点でとらえる。

中村古峡（本名：蓊）は明治十四年、大阪府大和国平群郡有里村（現在の奈良県生駒市有里町）で生まれた。家は庄屋や戸長を務めた村一番の豪農である。七代目の父源三（1852-1898）は生駒神社神官、大阪府府会議員、奈良県県会議員、南生駒村初代村長などを務めた。

古峡は子供の頃、母の影響から仏教に関心をもち、十三歳になってからは博物学者になりたかったという。この頃から、古峡の父が政治運動をしたために家は貧しくなり、古峡は十五歳の時に中学を退学する。明治二十九年に一家で京都に移り、杉村楚人冠（後の東京朝日新聞記者）と知り合う。古峡は医学校進学を目指して予備校に通い、一年後に京都府立医学校に入学する。

杉村楚人冠は、当時の古峡と弟の義信について「兄貴のぼうとしたのに似ぬ、小柄な才はぢけた子供で、兄貴が曇天なら、弟は旱魃つづきの日和のやうであつた」（杉村楚人冠「序に代ふる序」、中村古峡『殻』春陽堂、大正二年四月）としている。また、中村家の様子について「中村一家は目下極めて悲惨な境涯に居るものらしかつた。何でも中村家は大和の生駒で相当の資産を有つた大家であつたが、其の父が商業上の失敗か何かで郷里の地所家屋を人手に渡して、一家挙げて京都に引移つたのである。引移つた後父なる人は別に何をするでもなく殆ど遊んで暮らしてゐた」（同）としている。

明治三十一年、古峡は脚気になり、肋膜炎、神経衰弱などの病気も患っている。その後も神経症や疾病恐怖などが何年も続くことになる。父、母、姉も病臥した。五月に父が肺炎で死去して借財が残り、生活がますます苦しくなる。この頃から古峡は英語とドイツ語を学び、小説を書いて新聞や雑誌へ投稿している。十月に京都府立医学校を本科二年で退学し、病院で薬局生として勤務する。古峡は「その頃から復志望が変つて、医者は決して嫌ひにはならなかつたが、それよりも自分の一家のその苦境を書いて置き度いといふ念の方が先立つて、先づ文学をやりたいといふ気になつた」（中村古峡「私の苦学時代」『文章倶楽部』大正六年九月）ため、明治三十二年に杉村楚人冠を頼って上京し、大学入学を目指して英語の勉強を始める。楚人冠が結成した仏教清徒同志会にかかわり、後に雑誌『新仏教』（仏教清徒同志会、明治三十三年七月〜大正四年八月）の編集雑務を行う。

古峡は、明治三十三年に第一高等学校文科に入学した。明治三十四年には、同級の森田草平、生田長江との交友が始まる。彼らとともに明治三十五年から回覧雑誌『夕づつ』を創刊し、小説を発表している。古峡は、この頃のことを「貧困が続いて、栄養不良になり、更らに劇烈な神経衰弱に罹つて、高等学校の三年間、一日も頭脳のはつきりとした日はなかつた。何でも四度許りも摂生室に入つたことがある。そして、神経衰弱の結果不眠が酷く、夜中に寄宿舎の二階を脱け出して、痛い頭を抱へ乍ら運動場を歩き廻りながら、夜を明かしたこともあつた」（「私の苦学時代」）としている。

明治三十五年、弟の義信が古峡を頼って上京し、書籍店の小僧となる。明治三十六年、古峡は東京帝国大学文科大学文学科（英吉利文学専修）に入学し、夏目漱石の講義を受ける。義信は書籍店の主人の家を出て、古峡と同居するようになり、生活が苦しくなる。義信は二ヵ月間毎日仕事を探した末、会社の臨時雇になる。

明治三十九年、軍隊から帰ってきた義信に精神障害の兆候が現れるようになる。義信は三週間ばかり古峡と同居して会社に勤めていたが、自ら会社を辞職して実家に帰った。その後、症状が激しくなり、京都の船岡精神病院に入院する。古峡は義信の入院費を工面するために、生活がさらに苦しくなった。また、森田草平とともに巣鴨病院の呉秀三の精神病学教室に通う。福来友吉の催眠心理学を聴講するなどもしている。

明治四十年五月、漱石は古峡の家庭の事情を知り、「甚だ御気の毒である（中略）将来君の一身上につき僕の出来る事ならば何でも相談になるから遠慮なく持つて来給へ」（中村古峡宛書簡、明治四十年五月二十六日。引用は『漱石全集第二十三巻』岩波書店、平成八年九月に拠る）と手紙に書き、たびたび古峡にお金を融通している。古峡は、七月に東京帝国大学文学科を卒業し、八月に杉村楚人冠の紹介で東京朝日新聞社に入社する。古峡は、記者の仕事について「仕事がすべて断片的で、又読者の気受ばかりを顧慮し、何事も早い勝ちの紙屑同様の記事を作らねばならぬことが、最愛の筆に対して無念でならず、その苦痛は一通りでなく、疲れた頭脳は一層掻き乱された」（「私の苦学時代」）としている。

明治四十一年七月、入院中だった義信が二十三歳で死去する。古峡は「精神病になつた弟は、二年余りの病院生活を送つた後、突然脳溢血で死んだ。この辺のことは今思ひ出すのも不愉快であり、「殻」の中にその幾分を書いて置いたから、茲には申述べない」（「私の苦学時代」）としている。漱石は「御令弟突然御死去の為め御西下の趣拝承嘸かし御愁傷の事と遥察致候乍然例の病気にて長びきては御本人は無論大兄も随分御苦痛の事と存候へば天寿にて早世被致候方将来の為には却つて御都合かとも被存候」（中村古峡宛書簡、明治四十一年七月十七日。『漱石全集第二十三巻』）と手紙に書いている。漱石の推薦で、古峡は小説「回想」（『東京朝日新聞』明治四十一年九月十日～十二月二日）を連載する。漱石は、古峡初の長篇小説について「陽炎（論者注：小説「回想」のこと）拝見頗る面白く候はやく後篇を御廻附あり度候（中略）然しあれは紙上にて大喝采を博す小説に相違無之ひそかに君の成功を祝し申候」（中村古峡宛書簡、明治四十一年六月二十一日。『漱石全集第二十三巻』）と感想を書いている。しかし、古峡は「回想」について「私の初恋物語を題材にしたが、甘いもので自分としても頗る自信のないものであった」（曾根博義「異端の弟子―夏目漱石と中村古峡―（補遺）」『語文』平成十五年十二月）としているように、文壇で注目されなかった。古峡は、軍に志願兵として入隊したが、疾病のため兵役免除となっている。

明治四十二年、森田草平が「煤煙」（『東京朝日新聞』明治四十二年一月一日～五月十六日）を発表して話題となる。古峡は、朝日新聞記者として「煤煙」の原稿を取りに行く係だった。

明治四十三年に古峡は、東京朝日新聞社を退社する。しばしば漱石を訪問して、後に「殻」となる自伝的長篇「犠牲」を執筆する。翌年、漱石に「犠牲」を批判され、「たつぼ殻」[1]と改題し、さらに改稿する。

明治四十四年三月十二日の日記で古峡は、森田草平の『煤煙』（金葉堂・如山堂、明治四十三年八月・大正二年十一月）について、「嫉妬心なくして読むことを得るようになれり」（曾根博義「異端の弟子―夏目漱石と中村古峡―（上）」『語文』平成十四年六月）、三月二十五日には「今朝新聞の予告に草平の自叙伝近日より出るよし、ありたり、何となく不快になる、嫉妬にあらず、じっとして居られぬ心持になるなり、早く、一日も早く犠牲を書き終らねばならぬ心地するなり」（同）としている。

明治四十五年、古峡は「殻」（『東京朝日新聞』明治四十五年七月二十六日～大正元年十二月五日）と改題し、連載した。漱石の手紙にも「「から」方々にて評判よろしきやう存候此間森田にも春陽堂へ出版勧誘の儀頼置候諸方にて評判よければ自然公けになる望多かと存候小生も及ばずながら尽力可致候」（中村古峡宛書簡、大正元年十二月一日。『漱石全集第二十四巻』岩波書店、平成九年二月）とあるように、「殻」は書評も数多く書かれ、文壇で評価された。

大正二年四月に古峡は結婚し、『殻』（春陽堂、大正二年四月）を刊行する。漱石が序文を書く予定だったが、病気のため書けなかった。古峡は七月に改めて漱石に推薦文を依頼するが、激しく催促したため、漱石の怒りを買う。

大正四年から古峡は、村上辰五郎に催眠術を学び、妻に試した。効果が出たことで夢中になり、周囲の人たちにも試し、自宅の家政婦にかけて二重人格の徴候を現したこと（後の『二重人格の女』大東出版社、昭和十二年三月）などによって、催眠術者としての自信をつけ、日本精神医学会を設立したという[2]。

大正五年、古峡は漱石から小説二篇を酷評される。また、小説の掲載を新聞社に依頼したが断られたため、古峡は作家活動を断念する。漱石死後の大正六年に古峡は、日本精神医学会を設立、雑誌『変態心理』（大正六年十月～大正十五年十月）を刊行する。

古峡は日本精神医学会の設立趣意（『変態心理』大正六年十月）で、自らの半生を次のように振り返っている。

　私は医学を専門に修めたものではありません。弱年の頃、京都医学に学んだことはありますが、偶々父の死に遇うて学資の途を失ひ、それより東京に流浪の身となりまして、苦学十年、その間一日も精神の安定を得たことがありませんので、忽ち猛烈な脳神経衰弱に襲はれ、延いては様々の病気を惹起し、或は脚気だの、心臓病だの、或は神経痛だの、肺尖加答児（カタル）だのと、殆ど万病併発の有様で、医者は私の脈を取る毎に、只新たなる恐怖と威嚇とを与へるばかり、其れがため益々病気を加へるやうな傾きがありました。

また、同時期に発表した「私の苦学時代」（『文章倶楽部』大正六年九月）では、当時の精神病医を次のように批判している。

私は弟の病気に因つて、今の医者殊に精神病医は、只精神病者を病院に監禁して置く丈けで、疾病の治療には何等の役にも立たないといふことを、つくづく感じた。甚だ口幅つたいことをいふやうであるが、日本で最も模範的だと云はれてゐる巣鴨精神病院などを視察しても、単に在来の臭剝（しゆうぼつ）[3]一点張りの平凡な薬物治療と、温浴療法位なもので、何等精神的な疾病の根本動機に対する治療法が、まだ発見されてゐないやうに思はれる。私は弟の病気が縁故となつて、精神病の研究丈けは素人として出来得る限りやつて見た。さうして今の精神病医が殆ど閑却してゐる睡眠術や、東洋在来の宗教的療法に反つて侮るべからざる真療法の萌芽が含まれてゐることを信じ、睡眠心理学と、在来の禅及び真言の密教といふやうなものを長らく研究して、接神術といふものを作つた。そして、精神病は初期のものなら屹度治す、少し異状のある人は必ず癒すといふ自信を有つてゐる。及ばず乍ら今後私は、この方面に向つて出来る限りの力を注いで見たいと考へて居る。私は矢張り医者として生れて来た人間ではないかと思つてゐる。

古峡は、関東大震災後の大正十五年、四十五歳の時に東京医学専門学校（現在の東京医科大学）二年に編入学し、『変態心理』を廃刊した。昭和二年には医師免許を取得し、千葉大学医学部の精神科に入り、昭和九年に千葉に療養所（現在の中村古峡記念病院）を開いた。古峡は、昭和二十七年に七十一歳で死去している。曾根博義によれば、死の二年前の『夕刊読売』（昭和二十五年二月二十七日）に、「精神病院長が精神病／暴行を平然と指示／中村古峡療養所指定取消し」、古峡の病気は「老衰による一種の精神病」との記事がある。しかし、古峡発病が事実であるかどうかは甚だ疑問であるとしている（「異端の弟子―夏目漱石と中村古峡―（補遺）」『語文』平成十五年十二月）。

二、自然主義文学としての「殻」

古峡は「殻」を「自叙伝」（曾根博義「異端の弟子―夏目漱石と中村古峡―（補遺）」）とし、「小説予告」（『東京朝日新聞』明治四十五年七月十八日～二十五日）では、「『殻』は只暗い、惨ましい人生の事実其儘を正直に、無遠慮に、無器用に報告しようと試みられたまでである」としている。また、杉山楚人冠らの仏教清従同志会の中心メンバーで、古峡と親しかった高島米峰は「殻」について、次のように述べている。

如何に冷静になつて、これを小説として読まうと思つても、僕には、とうとうそれが出来なかつた。実は、僕は、これを小説として読むべく、余りに著者及び作中の人物に、親しみが深過ぎた。イヤ、不思議な因縁で、僕自身までが、この作中へ引つ張り出されて居るのである。生田長江君は巻頭に序して、

『殻』は、傾向の新しさを見せる為めの、流行の模型的作品でない。新しいと新しくないとを考へさせないほどの、恐ろしい圧力をもつた、直接経験の報道である。むごたらしき、人間の証券そのものである。

と言つて居るが、これは実に、著者に取ては、知己の言であつて、これ以上、僕も言ひやうがない。（新仏教子（高島米峰）「新刊紹介」『新仏教』大正二年六月）

このように、古峡と高島米峰のどちらも「殻」が事実をもとにしていることを強調している。古峡の高校以来の友人森田草平も「殻」を自然主義文学として、次のように述べている。

此作は自然主義の態度を其儘ずつと押通した所に特色が有ると云ふ一般の評で有る。併し此処に謂ふ所の自然主義とは、只事実を有の儘に克明に書くと云ふだけの意味に限定しなければ成るまい。尤も我国の自然主義と云ふものが、実際それだけに始まつてそれだけに終つたのだから、其の意味で『殻』は我国に於ける自然主義の態度を継承して居るとは云へるかも知れない。（森田草平「『殻』」、中村古峡『殻』方丈社、大正十三年八月）

自然主義は、フランスの文学者ゾラ（Zola, É.）の『実験小説論』（一八八〇年）によって提唱された文学観で、医学者ベルナール（Bernard, C.）の『実験医学研究序説』（一八六五年）を参照して、「小説家も（論者注：医者と）同様に観察者と実験者から成り立っているのがわかる。小説家中の観察者は、見たままの事実を呈示し、出発点を定め、やがて諸人物が歩きだし、諸現象が展開する堅固な地盤をきずく。ついで実験者が現われて、実験を設定する。つまり、ある特定の物語の中で、諸人物を活動させ、そこにおいて継続して起る諸事実は、研究課題である諸現象の決定性の要求するとおりの結果になることを示すのである」[4]と、医学における観察と実験を小説に適用することを主張している。

日本における自然主義文学の代表者の一人である田山花袋は、この文学観を踏まえて「露骨なる描写」（『太陽』明治三十七年二月）を発表した。花袋は、十九世紀後半までのロマンティシズムによる文学を「鍍小説」として、ゾラなどの「十九世紀革新以後の泰西の文学は果して何うであらうか。その鍍文学が滅茶々々に破壊せられて了つて、何事も露骨でなければならん、何事も真相でなければならん、何事も自然でなければならんと言ふ叫声が大陸の文学の到る処に行き渡つて、その思潮は疾風の枯葉を捲くがごとき勢で、盛にロマンチイシズムを蹂躙して了つたではないか」（「露骨なる描写」）とする。それまでの日本文学は「多くは白粉沢山の文章、でなければ卑怯小心の描写を以て充たされたる理想小説でなければ態と事件性格を誇大に描いて人をして強ゐて面白味を覚えしむる鍍小説」（同）であり、「この露骨なる描写、大胆なる描写――則ち技巧論者が見て以て粗笨なり、支離滅裂なりとするところのものは、却つてわが文壇の進歩でもあり、また生命でもあるので、これを悪いといふ批評家は余程時代おくれではあるまいかと自分は思ふ」（同）としている。

田山花袋「蒲団」（『新小説』明治四十年九月）は、日本における自然主義文学の代表作である。

文学者の竹中時雄は、上京してきた弟子の横山芳子に心惹かれる。しかし、芳子は恋人の田中秀夫と関係を持ったため、時雄は芳子を郷里に帰す。時雄は、芳子の使っていた布団に包まり、夜着の匂いを嗅いで泣く。

「蒲団」が事実か虚構かという問題は、当時から現在に至るまで議論が続いている。横山芳子のモデル岡田美知代は、実際に田山花袋の弟子であり、田中秀夫のモデル永代静雄と子供をもうけ入籍するが、後に離婚する。岡田美知代は「蒲団」を事実ではないと主張している（横山よし子「『蒲団』について」『新潮』明治四十年十月）。

このような当時の自然主義文学の影響に加えて、「殻」に直接の影響を与えたのは森田草平の「煤煙」である。森田草平は、明治四十一年三月に平塚明子（後の平塚らいてう）と心中未遂事件を起こすと、新聞でたびたび取り上げられて話題となった。漱石は、草平に事件を小説にして告白することを勧め、草平は「煤煙」として発表する。「煤煙」は自然主義文学者たちに評価された。

漱石は、森田草平に勧めたように、古峡にも自分の秘密を小説に書くことを暗に勧めたという（曾根博義「異端の弟子―夏目漱石と中村古峡―（上）」）。しかし、「殻」の内容と事実との違いとして、弟の入院した精神病院の場所を京都の船岡精神病院から大阪の精神病院に変えたこと、明治四十一年に死去した弟が小説内ではまだ入院中であり、新聞社退社を実際の明治四十三年よりも二年早めている点を指摘している（同）。また、「殻」が事実を変更している理由として、モデルに対する配慮と、弟の病気と兄の新聞社退社の時期を重ねて兄弟の確執を書くためとの推測がある（曾根博義「中村古峡と『殻』」）。それでも、事実を基に小説を書くことが文学的であるという自然主義の風潮に古峡が従ったとすれば、「殻」は弟の症状とその経過について知る重要な文献といえる。ひとまず「殻」の記述がありのままの経過を記していると考え、次に「殻」の内容を紹介する。

三、「殻」について(5)

「殻」の主人公である神田稔は、父の死後、東京の大学で学士となり、新聞社に就職している。弟の為雄は「小供の時分から、兄弟中でも一番達者で、又一番頑丈な体格を持つてゐた。乱暴するのも人一倍優れて、調子に乗ることも一通りでなかつた」（「二」）。稔も「此の弟には到底も敵はぬ」（「二」）と思っていたが、父が「為雄のやうな気性の奴は、続いて学校へ上るよりも、今から神戸の異人館あたりへ小僧に行つて、外国へ伴れてつて貰ふ方が善いかも知れない」（「二」）と言ったため、為雄は高等小学校を中退して大阪の商館で小僧をすることになる。一方、稔は専門学校に入るために塾に通っていた。

父の葬式の際、しばらく会っていなかった兄弟は再会した。為雄は堕落した格好をしていた。稔が上京してから三年後の明治三十五年十月、為雄は稔を頼って上京する。為雄の上京について、母と兄の見解は違っていた。

お孝は為雄の上京を喜ばなかつた。彼女の眼から見た為雄は、余り見込のある児ではなかつた。（中略）けれども稔は彼女ほどに、為雄の将来を悲観してゐなかつた。寧ろ為雄を呼寄せることに就いて、親が子を教育する時に感ずるやうな、一種の興味をさへ覚えてゐた。（「二」）

稔の紹介で為雄は本屋の小僧の仕事を始めるが、徐々に兄弟の仲は険悪になっていく。

稔と為雄とは、何うしても世間の兄弟のやうに打解けることが出来なかつた。何か事件の起る毎に、二人の意志はいつも齟齬してゐた。稔に云はせると、為雄の性質には、少し手綱を緩めると、何処まで乗出して来るか知れないと云ふ危険があつた。だから彼は何彼につけて、軛（くびき）を引緊めることを忘れなかつた。さうしてこれが兄の義務だと思つた。けれども為雄の眼から見た稔は、万事に同情のない、冷淡な、怒りつぽい兄であつた。憎いと思はずにはゐられなかつた。（「二」）

為雄は癇癪を起こす癖があり、本屋の主人に対して逆上することもたびたびあった。そのため、一年後に本屋の小僧を辞めた。為雄は工場の職工の見習いを一日で辞めた後、知人の紹介で秘密探偵社の臨時雇になる。為雄の月給は、翌年の春には三十銭から十五円に上がった。為雄は、「学問なんて云ふものは、兄さん、ほんの世中に出る方便ですな。（中略）世の中に立つには矢張り学問よりも経験――僕は常に此主義です」（「二」）と言う。この年、稔は大学に入学している。

明治三十九年三月、為雄は補充兵として三ヵ月間軍に入隊する。「何処かに上官が隠れてゐて、敬礼違反の罪に触れはしないかを心配するやうに、絶えずきよときよと不安気であつた」（「二」）という軍隊生活を送る。為雄は上官に反抗したため、重い銃を頭の上に持ち上げて三十分間耐え、腕が下がると殴られるという制裁を受けたこともあった。この頃、稔は小説を書こうとするが、うまく書き進めることができなかった。

三ヵ月後に為雄は軍を除隊し、秘密探偵社の仕事を再開した。しかし、為雄は脚気を訴え、会社を辞めたいとたびたび口にするようになる。唐突に辞表を出し、国に帰ると言い出す。稔にはその理由が分からない。為雄は「此地に居れば僕は病気になります。病気になります。兄さんは僕を病気にするんですか」（「二」）と言う。稔は為雄の病的な状態を「不愉快な軍隊生活」（「二」）が原因なのではないかと考える。稔は、為雄と自分との違いを次のように考える。

なに俺と為雄とは人間が違ふ。俺は為雄のやうな弱者にはならぬぞ。俺は為雄や多数の世人のやうに、現実生活にのみ没頭して生きてゐる人間ではない。俺には別に他の世界がある。仮令第一の世界に破産しても、更に其第二の世界に於て生きることが出来る。――第一の世界を静に見て、味はつて、考へて、書くと云ふのが即ち其世界だ。此第二の世界が自分に準備されてゐる限り、俺は決して為雄のやうな弱者にはならぬ！（「二」）

明治三十九年八月、(6) 実家に戻った為雄は、石灯籠が人に見えるといって怯える。母お孝はそんな為雄を見て、「稔でなくて善かつた！」（「二」）と考える。

為雄は人に会うことを嫌い、毎日沈んでばかりいる。時々一人で笑っていることもある。「さうして暫く独笑ひした後は、又必ず元の憂鬱に復つた。時には耳を欹てて遠いところの物音でも聞くやうな形をすることもある。夜は殆ど満足に眠らない。一人で何か考へ事しては、溜息をついたり、舌打をしたりなどしてゐた」（二二）。また、為雄は「お母さん、何故僕はこんな馬鹿になつたんだらう。——兄さんは学校さへ出れば、立派な人間になれる。（中略）僕だけは何故こんな馬鹿になつたんだらう」（二二）と訴える。

明治三十九年十月、為雄は広島と大阪へ仕事を探しに行くが、うまくいかなかった。それからは、本を読もうとしてもすぐに飽きてしまい、「「神田為雄は馬鹿になつた、馬鹿になつた」と、其処等あたりへ書散らす」（二二）という行為や、「お孝や浜江が隣の部屋で、少し小声で談話でもしてゐると、直ぐ自分の批評をしてゐると気を廻す」（二二）という関係妄想、「何か恐ろしい奴が来てゐる」（二二）といって怯える、悪口が聞こえてくるといった幻聴、兄が薬に毒を盛らせているといった被毒妄想が出てくる。また、家族に暴力を振るうようになる。

「東京には己の仇敵が居る。正義を蹂躙する奴は悉皆己の仇敵だ。会社の部長もさうだ。兄貴もさうだ。彼奴等を殺して己も一緒に死ぬんだ。——軍隊にも殺さなけりやならぬ奴が沢山に居る！」長押に掛けてあつた木刀を振廻して狂ひ立つた。お孝は其れを取上げやうとして、手や背をぴしぴしと殴られた。(「二」)

母と妹の浜江、弟の治の三人は、為雄を縄で縛る。三日目におとなしくなったので為雄の手足の縄を解くと、二三日は落ち着いていたが、四日目には再び暴力を振るい始める。

「東京には正義の敵がざらほど居る。大臣が何だ。元老が何だ。奴等は皆勝手な真似をして、自分の地位を盗んだのぢやないか。俺は神の告によつて、奴等の罪状を悉く知つてゐる。どうしても奴等を殺さなけりやならぬ。何故お母さんは僕の旅費を拵へないんだ。旅費を拵えるのが厭ならば、お母さんから先に殺してやる!」

例の木刀を振翳して、又母を追掛け廻した。(「二」)

為雄は新たな症状を訴える。「心臓が馬鹿に拡がつたり、窄まつたりします。身体が無暗に伸びたり、縮んだりします。宛で提灯のやうです。伸びた時には左程苦痛も感じないが、縮まつた時には呼吸苦しくて困る」(「二」)といった身体感覚、「目の前には盲人や、一つ目小僧や、天狗のやうな鼻の高い奴や鬼のやうに額に角を生やした奴等が、大威張で行列をして見せて、自分に衝突に来さうにする」（「二」）という迫害妄想、「お母さんが念仏を唱へると、其のたんびに口から蛇が頭を出す」（「二」）という幻視や、「今の餅は変だ、電気が掛けてあつたに相違ない」（「二」）といって暴れ出すなどの被毒妄想である。

次のような特徴的な為雄の症状もみられる。

幻聴は殊に夜分に於て激しかつた。お孝や浜江がうとうととしかける頃になると、為雄は一人で床を這出して、声の主人を捜し出す為め、天井を仰いだり、床下を覗いたり、家の周囲をぐるぐる廻つて歩いたりした。其れが或る夜、彼はとうとう怪しい声の発生地を突留めたと云つて戸外から戻つて来た。お孝は慄然としながら何処であつたかと訊いて見ると、門脇の墓場だと彼は答へた。（「二」）

お孝が朝夕本堂で鳴らす木魚の音も、為雄の耳には様々に聞えた。或時は其れが、嘗て神田の青年会館で聞いた、さる演奏会の音楽となつて、彼に愉快な回想を与へた。ある時は又其れが駆足行軍の靴音に聞えて、彼の神経を非常に苛立たせた。（「二」）

其頃又二十日ばかり引続いて、毎日午後の四時頃にさへなると、必ず為雄の身体に電話をかけて来る者があつた。長太郎と松太郎と云ふ名の男で、二人とも東京にゐるのださうであつた。長太郎の電話は非常に面白い愉快な話で、これは大抵首筋にかかつてくる。これが来ると為雄は何時でも煙管持つ手を膝の上に休めて、独りでくすくす笑つてゐた。さうして電話の済んだ後でも頗る機嫌が善くて、夜も静穏に床に就いた。けれども松太郎から電話がかかると――之は大抵右の横腹へかかつて来た――彼は苛々と煙草を吸ひ始め、終には癇癪を起して誰彼なしに当り散らした。(「二」)

明治四十年にも為雄は母や妹、弟に暴力を振るい、「物置から太い樫の棒を持出して、お孝を殺すと云つて追掛け廻した」(「二」)。母お孝は思いつめた末に、剃髪して尼になる。二月、為雄は歯痛に悩まされるようになる。「さうして母を殺す、殺すと云つて追廻すことがあつた」(「二」)など、繰り返し母に殺意をもって追い掛け回す。為雄は、母お孝から聞いた祈禱師に稲荷下しを行ってもらう。すると症状が沈静化したため、文房具の行商を始める。

「母は兄貴ばつかりを大切にして、俺のことは些とも構つて呉れない。兄貴は学校さへ出れば、肩書附で威張つて行けやうが、俺はこんな小さな商売をして、一生末の見通しが付かぬぢやないか。其れが心配だから俺は到頭こんな病気になつたんだ。悉皆、母や兄貴が悪いんだ。――文房具屋のやうな馬鹿馬鹿しい商売して、一生をこんな山の中に燻ぶつてゐられるか！」

斯う云つて彼は一撃の下に、其商売道具の桐の箱を叩き壊してしまつた。そして又お孝を殺すと云つて追掛け廻した。（「二」）

明治四十年八月、為雄は精神病院に入院した。稔は、為雄の病気と入院による経済状態の悪化に心を悩ませ、心身ともに調子を悪くする。

稔は失望と疲労に全く征服されて、身体を真直に立てて歩くだけの気力さへ余さなかつた。（中略）友人の家を訪ねたが、玄関口で其友の手を固く握りしめたまま、容易には挨拶の言葉も出て来なかつたほど、それほど彼の頭脳は惑乱してゐた。（中略）終に或日、彼は机の前から立たうとして、急に激しい眩暈を感じて、其ままふらふらと後方に倒れた。医者は永い間の神経衰弱に伴ふ脳貧血の結果だと診定した。さうして数箇月の静養を彼に命じた。稔は最早此の上自分の趣味に適はない職業に固着して、さなきだに疲憊した其の脳髄を、更に傷り害ふに堪へなかつた。(「一二」)

明治四十一年の秋、稔は記者の仕事が嫌になり、新聞社を辞めて実家に帰省した。「妄想が忽ち脳の罅隙へ侵入して来る。さうして終には妄想其れ自身が、期待された目的であつたかの如く振舞ふのだ。矢張りこれは、自分の頭脳(あたま)が悪くなつてゐる所以かも知れない」(「一一」)という状態になる。

稔は実家の物置部屋で、為雄が精神病院入院時に母に渡した手紙を見つける。

母よ。貴方は何故に私の手を縛りなされたか。固より貴方の心に覚えがあらう。其以前よりも、怪しき声は、天井の上や床の下、其他諸所方々より聞こえてゐたのであるが、手を縛られてより一層種々の悪兆あり。(中略)世の中に斯の如く無法なる馬鹿な母を持ち、又斯の如き残酷なる兄を持ちたるは、実に僕の不幸にして、我が身の不運を来すべき基であつた。(中略)僕が志を挫いたのは、皆母の馬鹿がしたのであることは、貴方の心に知つてゐるから宜しい。(「三」)

稔は、親友で開業医の川瀬に手紙で相談する。川瀬から「僕は、為雄君の如きは、パラノイア（偏執狂）の一種であらうと思ふ」（「四」）との返事が来る。稔は、為雄に対して「寧そ早く死んで呉れ。――親兄弟を助けると思つて、寧そ早く死んでしまへ！」（「四」）と考える。

川瀬は「患者の精神上や生活上に、希望と慰藉とを齎すやうな方法を講じてやつたら、猜疑心なども自然消滅するだらうぢやないか」（「四」）、「ある宗教家の感化、又は信仰に由つて、精神病者の救はれた実例は、決して少くない」（「四」）として、為雄を感化院に預けることを提案する。その一方で、川瀬は、稔に創作や自伝を書くことを勧める。

しかし、為雄の入院先の院長は、感化院の話を否定し、「精神病と遺伝の関係や、文明の進歩に伴つて、精神病の増加すると云ふやうな事項に付いて、可なりに長い談話」（「六」）をして、患者は遺伝と社会の犠牲であり、健康者が患者を保護する責任があるという。

稔は「精神病院が主として肉体的に薬剤或は物理的の療法を施すに対し、感化院は専ら精神的の教化を司どる以上、（中略）互に相輔佐提携して、初めて是等の患者に対する一個の完全なる治療法を形成すべきものではないか」（「六」）と考える。

稔は病院で為雄と面会した。為雄の脚気はひどくなっていた。為雄は病院から虐待を受けていると訴え、神からの「神田為雄……死ぬにおよばぬ」（「六」）という声によって「神と交通のある世界」に入ったという。


　諸々の神と交通のある世界です。其処には沢山な神の使者がゐます。僕の処へ毎日尋ねて来るのも其中の一人です。名前は云ふことは出来ませぬ。其がいつも神々の世界の報知を僕の処へ持つて来るのです。寝てゐる時でも、覚めてゐる時でも。今でも来て欲しいと思へば、直ぐ呼寄せることが出来ます。これが僕の生命の親です。様々の悪魔や誘惑者の声に悩まされてゐた僕を救つて呉れた生命の親です。

（中略）これは脚気ではありませぬ。これは僕の足の皮膚と筋肉との間に、小さな悪魔が無数に潜んでゐるのです。さうして其が夜昼なしに蠢々（うようよ）と動いてゐるから、こんなに麻痺を感ずるのです。之は神の世界から与へられた、僕に対する試験の一つです。其試験の終るまでは、決して癒ることがありませぬ。其れを院長は信じないのです。

（中略）若し僕が神の世界を信ずるが故に精神病者なら、何故天下の宗教家は悉く病院へ入れられないのですか。若し又今日まで誰も云はなかつた異説を云ふのが病人なら、何故天下の人はニユウトンの引力説や、コペルニクスの地動説を信ずるのですか。其からして非常な矛盾ではありませんか。（「六」）

為雄は、母と妹に縛られたことへの恨みを語る。

「実に母と妹とは僕を縛りました。（中略）七日七夜と云ふもの放つておきました。酷い。実に酷い。天下にこんな残酷な母や妹が又外にあるでせうか。僕はこれを考へると、今でも無念の涙が湧いて来ます。」

（中略）「辛かつたです。兄さん、考へて見て下さい。実に辛かつたです。僕は最初の三日三夜さと云ふもの、殆ど微睡ともすることが出来ませんでした。

「憎い。憎い。一途に母と妹とが憎い。何の罪あつて僕をこんな酷い目に会はせるのか。憎い！　今に見よ、僕の此手が自由になつたら！　鉈は棚にある。斧は物置にあるところを知つてる。あの鉈を提げて、あの斧を振つて、母と妹を滅茶苦茶に擲き殺して呉れる。さうして自分も一緒に死んで見せる。容赦はしない。世の中の残酷な母や妹の懲戒の為めにも此の儘彼等を生かしてはおかぬ！（一六）

為雄の妄想は、縄で縛られた体験談から発展していく。

「偶と僕の頭の中に、僕自身の姿が明かに浮かんで来ました。手足を麻縄で縛られたまま、部屋の真中に転がつてゐるんです。さうして苦しさうに藻掻いてゐるんです。其を凝と見てゐると、麻縄は見る見る太くなつて、うねうねと動き出すのです。惣ち大きな蛇になりました。さうして其が双方から恐ろしい鎌首を立てて、激しい戦争を始めました。僕はどうなることかと思ひながら、其を凝と見てゐました。

「――こら確かり見ておけ。これが即ち親子の争ひだぞ。――此時何処からか大きな声が聞こえました。此声を聞くや否や、僕は覚えず戦々と慄へました。さうして其夜の謎が明かに解けました。ああ僕は此間から幾度か母を木刀で殴つた。そして母は遂に其復讐に、僕を麻縄でこんなに縛つた。僕のやうな不孝な子供が何処の国にあらう。母のやうな残酷な親が又何処の世にあらう。ああ万事は既に休す。僕等母子はもう人間ではない。畜生だ。虫螻だ。丁度今僕の手と足とで嚙合つてゐる蛇のやうなものだ。神はどうしてこんな汚れた人間を許しておかうぞ。即ち今夜此恐ろしい業風を送つて、僕の一家を全滅させるのだ。神風だ！　神風だ！　穢れたる人間を懲罰するための神風だ！　さうして此世の最終の日が来たのだ！　僕は我知らず声を立てて泣きました。喚きました。禱りました。呪ひました。さうして今にも神の世界から僕を引立てに来る魔の使者の目から免れる為めに、僕は益々蒲団の中で、出来得る限り小さくなつて縮こまりました。兄さん其の時ほど僕の身体の小さくなつたことはありませぬ。初めは犬のやうになりました。次には猫のやうになりました。最後には段々と小さくなつて、泥田の中に匿れてゐる田螺殻(たにし)(7)のやうになつてしまひました。」

為雄はひくひくと肩を窄めて、今一度稔の目の前で、田螺殻になつて見せやうと企ててゐるかのやうに見えた。（「六」）

これが為雄との最後の面会になった。

Ⅱ　考察

一、為雄の統合失調症

為雄は、明治四十五年初出の「殻」で「パラノイア（偏執狂）」と診断されていたが、再版の『殻』（方丈社、大正十三年八月）では「プレコックス（早発性痴呆）」（論者注：括弧内の偏執狂、早発性痴呆の付記も古峡による）に改められている（曾根博義「中村古峡と『殻』」）。パラノイア（paranoia）の語は古くから使われているが、概念としてはクレペリンによって確立された。思考の論理性や人格の統合は保たれており、慢性的に持続する強固な妄想体系が進行的に発展していく病態とされる。幻覚は重要な位置を占めない。クレペリンは特に比較的予後のよい妄想性障害に限り、パラノイアとした。これに対して、早発性痴呆（dementia praecox）もクレペリンによって提唱された概念であるが、緊張病、破瓜病、妄想痴呆を統合し、若年発症と思考障害、痴呆化を特徴とする。後にブロイラー（Bleuler, E.）は、早発性痴呆に代えて精神分裂病（schizophrenia、現在の訳語は統合失調症）という表現を提唱している。

為雄に見られる症状は特徴的であり、シュナイダー（Schneider, K.）のいう統合失調症の「一級症状[8]」に相当するものがしばしば記述されている。この小説の時代にはまだこの概念は現れていなかったが、東京帝国大学在学中に巣鴨病院にある呉秀三の精神病学教室に通っていた古峡は、パラノイアと早発性痴呆の区別については、ある程度の知識を入手していたのであろう。「一級症状」に相当する症状記述はＤＳＭ－Ⅲ～ⅣやＩＣＤ－10にも挙げられ、主体性を浸食するこの系列の症状は、統合失調症の診断にとって各時代を通じて重要である。

まず、為雄の経験している幻聴が、二人の人物によって担われていることに着目してみたい。

「長太郎と松太郎」からかかってくる電話は、為雄の「身体に」かかってくるので、「一級症状」に挙げられる「身体的被影響体験」、中でもこの病気にしばしば見られる電気的被影響を介した幻聴であるといえる。さらに、これらは「言い合う形の幻声（対話性の幻声）」にはなっていないが、主体の存在そのものの価値を両価的な善悪の対立として言い立て（角田京子「両価性症状の変遷についての構造主義的メタ心理学的解釈―思春期統合失調症の二症例から」『臨床精神病理』平成十四年八月）、主体の生存可能性を裁可する質を備えている。すなわち、神からの「神田為雄……死ぬにおよばぬ」（「六」）という声や、神の使者が神々の世界の報知を持って来るという聴覚的体験などがそれであり、この点でも統合失調的である。

　聴覚とは別の領域の身体的な病的体験も活発で、心臓が拡がったり窄まったり、身体が無暗に伸びたり縮んだりすることや、脚気のことを足の皮膚と筋肉との間に小さな悪魔が無数に潜んでいて、それが夜昼なしに蠢々（うようよ）と動いて麻痺を感じることとして経験したり、身体が田螺殻のように小さくなったりすることが挙げられる。これらは多かれ少なかれ、他者からの影響によってそのようになると感じられている。

　為雄は、自分自身を馬鹿になったと責めている。思考奪取や思考化声などの字義通りの表現は記録されていないが、為雄のこの訴えは、うつ病性の集中困難ではなく、統合失調症の初期症状あるいは同じく病相後の抑うつの自覚に伴うものであろうと考えられる。

このように、統合失調症の症状が明確に出ていることから、為雄を「プレコックス（早発性痴呆）」とした大正十三年の再版『殻』での診断変更は、現実に即していたといえるだろう。為雄の症状は、小説の中に記録されているものではある。しかし、以上のように為雄の病状には、精神医学的に見た一貫性があることから、逆に古峡が、実際の症状を忠実に再現しようという作家意識をもって執筆に臨んだことが窺われる。

二、為雄の症状における「父」

フロイト（Freud, S.）とラカン（Lacan, J.）の精神分析の観点から、為雄の症状を分析する。松本卓也らは、フロイトのいう「パラノイア」は現在での妄想型統合失調症から妄想性障害の一部までの広い範囲を指すとしている（松本卓也、加藤敏「症例Schreberの診断にみる力動的精神病論の再検討」『精神神経学雑誌』平成二十一年九月）。また、加藤敏は症例シュレーバーを含む、父性を軸とした精神病を「ラカン精神病」（psychose lacanienne）として妄想型統合失調症者の分析を行っている（加藤敏「主体における起源と享楽―父性の精神病理学の試み―」小出浩之編『ラカンと臨床問題』所収、弘文堂、平成二年二月）。このように、精神分析の知見を参照して為雄の症状を考察することは可能であると考える。

まず、「殻」の父と兄弟の関係について見ていく。為雄の気性の激しさから、父は為雄を小僧にしようと考えていた。父の死後、為雄は「兄上の初志を受継いで、何某専門学校に入る決心だ」（「殻」）といって上京するが、勤勉ではなく、堕落していく。

三男の治は、母お孝の判断で禅寺の小僧になっているが、二人の兄と同様に上京したいと考えている。「あんな弱さうな弟の胸にも、なほ立身出世を望む心の火が燃えてゐるのか」（同）と稔は考える。三人の兄弟は、それぞれ立身出世を望み、父の死を境に生活が転換している。

勉強で立身するために、上京遊学する。この立身出世の意識は、スマイルズ（Smiles, S.）『自助論』（一八五九年、中村正直訳『西国立志編』明治三年十一月～明治四年七月）や、明治初期のベストセラーである福沢諭吉『学問のすすめ』（出版社不明、明治五年二月）によって広まった。第一高等学校の生徒は、世間から憧れの対象だった（竹内洋『立身出世主義［増補版］―近代日本のロマンと欲望』世界思想社、平成十七年三月）。為雄もまた、第一高等学校から東京帝国大学へと進学した稔の後を追って、上京している。このような当時の時代背景と、政治活動に失敗し死去した父の跡を継いで、稔と為雄は立身出世を目指している。それは兄弟の競争と、為雄の敗北に至る。

為雄の症状を見ていくと、「門脇の墓場」から発生する為雄に悪口を言う声、東京から「首筋」と「横腹」に電話をかけてくる「長太郎」と「松太郎」、「神の使者」を通して「神」の報せが届くなど、誇大妄想へと発展しながら為雄との交信相手は変わっていく。これら交信相手は、快と不快の対となって現れる。快の「演奏会の音楽」と不快の「駆足行軍の靴音」、快の「長太郎」と不快の「松太郎」、快の「神の使者」と不快の「悪魔や誘惑者」「魔の使者」「小さな悪魔」である。これを「分割」した迫害者全てを同一視できるとするフロイトの「分割」[9]と見れば、複数の快と不快の対象に分裂している為雄の迫害者もまた同一視できる。その根源となる対象は「妄想の中でたいへんに大きな威力と影響力を有していて、あらゆる陰謀の連鎖を一手に牛耳っている人物は、特定的に名指される場合、病気になるまえに患者の感情生活に似たように大きな意義を有していた人物、あるいは容易にそれと知られる、当の人物の代替者にほかならない」（フロイト、前掲書）のであり、精神病者が転移による代替人物を通じて「彼の兄弟あるいは彼の父の本質的存在を想起させられ」（同）る。このように、為雄の妄想における快と不快の分裂は、兄への両価的な感情が関わっていると考えることができる。また、妄想に出てくる「神」についてフロイトは「おそらくはさらなる重要性をもって愛された存在が回帰してきたものにほかなるまい」（同）として、「性愛的な強度にまで高められた父および兄への思慕」（同）をその根源とする。為雄の「神」への崇拝もまた、兄、職場の上司、古兵、院長へと怒りの対象が移っていき、その根源には「父」がいると想定できる。これは、為雄が「神の使者」を「生命の親」と呼んでいることや、「門脇の墓場」が死んだ父を指しているのではないかと考えられることからも見えてくる。

為雄の観念世界の中で次々と善悪の相貌をめまぐるしく変えつつ立ち現れる「父」のイメージは、健常な暮らしの中で与えられる安定的な父性からは乖離している。前記のフロイトの論に倣えば、為雄においてはそうした安定した父性が見失われており、かえってそれを希求する渇望が、不安定な諸々の形をとった父の「回帰」を呼び込んだと考えてみることができる。言い換えれば、ラカンが精神病に「本質的条件を与えている欠如」とする「父の名の排除[10]」が、変幻する像を後になって生み出させたのである。この観点から、古峡自身と弟の父親への関係を、彼らを取り巻いていた歴史的状況に結びつけておきたい。

古峡の父源三は、前記のように生駒神社の神官を務めていた。生駒神社（現在は往馬大社、または往馬坐伊古麻都比古神社と称している）は、近世には生駒谷十七村の氏神として伝えられ、古峡の生まれた有里村もそのひとつであった。生駒神社の例祭は「生駒の火祭り」の名で知られ、氏子である有里村の属する坤座はそのなかで最も格式が高かったという（桜井満、伊藤高雄編『生駒谷の祭りと伝承』桜楓社、平成三年四月）。日本では、寺院が過去帳などによって戸籍的な歴史を管理する役割を果たしていた一方で、神社は祭などによって地方の民衆の生活形式の伝承とでもいうべき役目を担っていた。父と生活を共にすることによって、人は通世代的な歴史につながれていた。前記の「父の名」の概念によって指し示されているのは、こうしたつながりの心理的重要性である。ところが古峡の家にあっては、父源三が、神官、府会議員、県会議員、さらに村長を務めながらも、明治二十九年に南生駒村村長を辞し、「郷里の地所家屋を人手に渡して」（杉村楚人冠「序に代ふる序」）、一家で京都に引っ越しており、いわば土地とのつながりを断たれて、その後は子どもたちに伝えられるような社会的活動ができず、まだ若い子どもたちを残して亡くなっている。そのため、古峡自身も弟も、父の政治活動の失敗により家業を継いでいない。この時、中村家の通世代的伝達は精神的な危機に晒されていた可能性が高い。このことは子どもたちから見れば、受け継ぐべき「父の名」の亡失として受け取られた可能性がある。こうした、一世代上からの歴史的変動を巻き込んだ圧力は、息子たちにとって「父の名の排除」を起こしやすい心理的な条件となった可能性がある。兄も弟も、このような圧力に対してそれぞれの抵抗を試み、その命運が、父の名の排除に抵抗した（しかし、前掲『夕刊読売』（昭和二十五年二月二十七日）によれば、晩年は危うかったとされる）兄と、その圧力に屈服することになった弟との違いや、二人の間の濃密な関係性を生んだと考えてみればどうだろうか。次節では、この考想を「エピーパトグラフィー」の概念によって展開してみたい。

三、古峡とエピーパトグラフィー

明治三十一年、十七歳の古峡には貧困と脚気、神経衰弱、父の死が連続して起こっている。それぞれの因果関係は古峡の日記が非公開のため定かではないが、古峡が神経衰弱を起こした頃に父も病臥し、間もなく死去している。父の死後の状況として、「殻」には次のように描かれている。

> 父の葬式を出した後の家の始末は、目も当てられないものであつた。稔は漸く八歳と四歳になる浜江と治の生命をお孝に託して、自分は最早自分自身で助けて行くより外に途のないことを発見した。（中略）然し稔は一生を村夫子で終る考へは更になかつた。お孝も亦神田家の復興を只稔一人に期待してゐた。過古と未来が一時に雪崩を打つて、此不幸なる母子の心を乱した。苦痛の日夜が彼等に続いた。とうとう稔は東京に走つた。（「二」）

中村家を取り巻く歴史的経緯からすれば、稔と同様に古峡もまた父になるべき自分と現実の父との関係について葛藤を抱えていたと考えることができる。古峡は自分が父になることに悩みつつ、弟にとっての父代わりとなる。「殻」では、為雄が稔を頼って上京した際、稔は「親が子を教育するときに感ずるやうな、一種の興味をさへ覚えてゐた」（二二）とあるように、為雄の仕事を世話し、金銭的な援助を行っている。また、為雄の仕事での苦労を見て「彼の眼からは弟を憐れむ涙が沸いて出た」（二二）ことや、精神病院での面会で、為雄が心情と妄想を稔に告白する場面にも父と子のような関係を見ることができる。

実在の弟義信をモデルにしている為雄は、父の代理といえる兄をはじめ、職場の上司や軍の上官に反抗し、迫害されていると感じ、同一化する対象を見出すことができなかった。対して、古峡には父の代理として杉村楚人冠と漱石がいた。古峡は楚人冠と同じ新聞記者になり、弟の死後に新聞記者を辞め、漱石と同じ作家となることで二人に同一化しようとした。古峡は、弟とは異なる水準ではあるが、やはりラカンのいう「父の名」の問題を抱えており、楚人冠と漱石に「父の名」を求めたといえる。

宮本忠雄は「エピーパトグラフィー」で問題なのは、まず第一に創造者自身でなくその家族または身内がなんらかの精神的異常をひきおこし、第二に、それによって創造者の創造活動が多少とも鼓舞されるという二つの要件」であり、創造者は「身内の狂気に衝撃をうけて心身ともに奔弄されながらも現実の側にふみとどまっている」ことができるという。だが、「本人のあり方や創造活動が家族の発病を促したり狂気を助長したりする可能性」にもつながることを指摘している（以上、宮本忠雄「エピ-パトグラフィーについて」『臨床精神医学』昭和五十四年六月）。「殻」から窺えるように、為雄の妄想は、兄との関係が重要な要素であり、兄の存在が為雄に立身出世の「敗北者」であることを自覚させてしまっている。

また、宮本のいう「創造の三角形」という三人関係における創造性と病理についての観点（宮本忠雄「エピ-パトグラフィー、その後」『日本病跡学雑誌』昭和六十三年六月）からみれば、中村古峡の創造性は、弟義信と父の三人関係としてとらえることが可能だろう。実際に、古峡は父の死後から小説を書きたいと考えるようになっている。「自分の一家のその苦境を書いて置き度い」（中村古峡「私の苦学時代」）という十七歳時の夢が実現するのは、弟の死後であった。古峡は父の死によって文学者を志し、弟の病気によって当時の精神病治療に疑問をもち、弟の死が「殻」執筆のきっかけになったといえるだろう。

古峡は、処女作「松の木陰」（『中学世界』明治三十五年六月）以降、回覧雑誌『夕づつ』や雑誌『新仏教』で小説を発表している。この明治三十年代に発表した古峡の小説には、事実をありのままに書くという自然主義的な要素はない。「中村蓊日記抄」（日本大学大学院文学研究科『夕づゝ』翻刻の会編『翻刻・註釈・解題『夕づつ』第四号』日本大学大学院文学研究科曾根博義研究室、平成十七年三月）によれば、古峡が明治三十五年二月から明治三十六年七月に読んだ小説として、尾崎紅葉や幸田露伴の名が多く挙がっている。古峡の初期の作品は、自然主義文学とは異なる読書傾向を反映した作風となっている。その中でも「夢うつつ」（『夕づつ』明治三十五年十二月）は、兄が自分を毒殺しようとしていると訴える狂人の弟を描いている。「夢うつつ」は、弟の発病の前に書かれており、兄弟の対立を予感していたとの指摘がある（曾根博義「中村古峡の履歴」『新編中原中也全集別巻（下）』）。古峡は、弟が死去した明治四十一年七月から二ヵ月後に自身の初恋を題材にした初の長篇小説「回想」を連載するが、「殻」のように古峡と弟の葛藤を描いてはいない。「殻」で稔は、小説を書くという「第二の世界」の存在が、狂気に陥った為雄との違いとしている。「殻」以前の古峡は、明治三十年代の作品や「回想」のように、虚構として「第二の世界」を書いていた。だが、森田草平が自身の心中未遂事件を書いた『煤煙』に刺激を受けた古峡は、漱石の指導を仰ぎ、明治四十五年七月に「殻」を連載する。自然主義の小説である「殻」を書くことで、初めて古峡は「第一の世界」に向き合い、代表作を著すことができたのである。

「殻」には、兄である稔の神経衰弱についてはわずかな記述しかない。それよりも、弟の発病からの症状の経過を克明に記述している。エレンベルガー（Ellenberger, H.F.）は、同時代の精神科医が記載した患者と、小説家や劇作家が描写した患者がそれぞれよく似ていると指摘している。[11] 例として、ピネルの症例報告とバルザックの小説、ジャネの患者とゾラの登場人物、ホーフマンスタールの登場人物とブロイアーの患者アンナ・O、フロイトの症例ドーラとシュニッツラーの短篇小説などである。古峡の「殻」は、ヤスパース（Jaspers, K.）の『精神病理学総論』[12] と同じ一九一三年に刊行されている。「殻」とヤスパースの記述現象学に時代的な並行関係を見ることもできるだろう。「神経衰弱」が時代の病として流行した明治・大正期に弟の症状を記述した古峡は、自然主義によって事実をありのままに記述することが文学であるという観念に従って徹底して観察を行い、「神経衰弱」とは異なる現実の症状に接し、それを記述した。自然主義文学が、古峡に記述現象学的な姿勢を促したといえる。古峡が「殻」を連載した後、漱石は「行人」（『東京朝日新聞』大正元年十二月～大正二年十一月）で精神病理を記述している。小説に精神病理を記述する傾向は、文明の病として神経衰弱などの精神病理が認識されていたことを表しているといえるだろう。

ヤスパースの記述現象学が、身体的精神医学に対する反省から生まれたように、古峡も「殻」

の感化院について語る場面（「四」）で、遺伝因や身体的精神医学に反発している。また、雑誌『変態心理』発刊後の古峡は、催眠療法や精神分析、森田療法などの精神療法の研究へと向かい、千葉医大で精神医学を学んでからの著作『ヒステリーの療法』（主婦之友社、昭和七年二月）、『神経衰弱と強迫観念の全治者体験録』（主婦之友社、昭和八年六月）、『二重人格の女』（大東出版社、昭和十二年三月）などの大半にわたって、症状を詳細に記述している。このように、古峡のその後の活動、とりわけ雑誌『変態心理』を創刊し、精神医学や精神分析をテーマに取り上げるという文学活動も、症状を記述することへの情熱が支えている。

臨床の現実を見て書きたいという古峡の態度、さらにそこに自然主義文学の主張という背景があって、古峡の文学が成立している。だが、古峡は漱石との関係に失敗し、最終的には実学としての医学の道に戻るものの、それまでは精神医学的な要素も含んだ雑誌『変態心理』を発刊するという創造性を発揮し得た。父との同一化をめぐる葛藤の中で、弟は失敗して統合失調症となり、古峡もまた漱石の酷評によって挫折し、同一化に失敗した。しかし、記述現象学ともいえるような、症状をありのままに記述したいという情熱が、人生の終わり近くまで、古峡の創造性を導いたといえるのではないだろうか。

四、まとめ

古峡が「殻」で描いた為雄の精神障害は、大正十三年の再版で改められているとおり統合失調症であった。為雄の症状は、父とその代理である兄との関係を根源としているといえる。古峡は「殻」を書くことで漱石と同一化しようとするが失敗し、「変態心理」の研究者となり、最終的に精神科医となる。これは、古峡が記述現象学的な情熱を一貫してもっていたためといえるだろう。このような兄弟と父の関係は、エピーパトグラフィーとしてとらえることがふさわしいと思われる。

第三章　内田百閒の精神分析的考察

——「創造の病」における二人の父——

Ⅰ　内田百閒の経歴

一、百閒と父久吉

内田百閒は、大正十一年二月、三十三歳の時に第一短篇集『冥途』を刊行した。『冥途』所収の短篇第一作「烏」（『第六高等学校誌』明治四十三年三月）から数えて『冥途』完成までに十二年かかっている。この間、百閒が短篇を発表したのはわずか二回である。この十二年間の生活については、『百鬼園日記帖』（三笠書房、昭和十年四月。日記は大正六年七月二十八日〜大正八年九月三十日まで）、『続百鬼園日記帖』（三笠書房、昭和十一年二月。日記は大正八年十月一日〜大正十一年八月二十三日まで）に、短篇を執筆しながらも発表せず、「死の不安」について繰り返し言及し、借金苦により困窮した生活を送っていたことが記されている。『冥途』刊行までの百閒の苦悩は、酒井英行の包括的な百閒研究（『内田百閒「百鬼」の愉楽』沖積舎、平成五年九月）をはじめ、従来から指摘されてきた。本章では、『冥途』刊行までの百閒の経歴をたどり、その心的葛藤を精神分析の方法で考察する。

内田百閒（本名：内田栄造）は、明治二十二年、岡山市に父久吉と母峯の一人息子として生まれた。本名の「栄造」は、祖父の名を受け継いでいる。筆名の「百閒」は、岡山市を流れる百閒川にちなんで付けられている。生家の造り酒屋の志保屋は裕福で、ねだれば何でも買ってもらえた。祖母竹は特に百閒をかわいがったため、わがままに育ったという。

父久吉は婿養子で、志保屋を先代よりも大きくした。岡山商業会議所の議員に選ばれたこともある。癇症ではあるが、百閒が父に叱られたのは母の琴の絃を鋏で切ったときしか記憶にないという（内田百閒「たらちをの記」『中央公論』昭和十二年一月）。また、父は「藪にらみ」で眼科の病院に入院して手術を受けたこともあったが、世間では好男子とされ、放蕩をしていた。それを祖母竹に叱責されたこともあるが、百閒は「さう云ふ時の父を、子供心に悪いと思つた事はない。寧ろ私は父を崇拝してゐたらしい」（「たらちをの記」）としている。

明治三十八年、百閒十六歳の時、父久吉は脚気で死去し、志保屋も倒産した。父久吉は最期に「これでいい、もう死ぬ」と言った。百閒は「今の父の一言と、それに直ぐ続いた死との境ひ目を考へ分ける事が出来なかつた」（「たらちをの記」）としている。

二、漱石との交流

百閒は、岡山中学校の学生時代に漱石を知った。漱石の「吾輩は猫である」（『ホトトギス』

明治三十八年一月~明治三十九年八月）の熱心な読者となったのがきっかけである。百閒は、漱石の『漾虚集』（大倉書店・服部書店、明治三十九年五月）を『吾輩は猫である』の「滑稽」と比較した評論「漾虚集を読む」（『山陽新報』明治三十九年六月十一日）を発表している。

明治四十二年三月、百閒の親友である堀野寛が死去した。堀野は、百閒が文学に関心をもつきっかけを作った人物である。また、百閒が明治四十五年九月に結婚した妻清子の兄であった。

漱石との最初の交流は、百閒が岡山第六高等学校時代に写生文「老猫」（『六高校友会誌』明治四十一年六月）を漱石に送ったことによる。「老猫」は、床屋と飼い猫の生活を写実的に描いている。漱石は「老猫」について「筆つき真面目にて何の衒ふ処なくよろしく候。又自然の風物の叙し方も面白く思はれ候。ただ一篇として通読するに左程の興味を促がす事無之は事実に候。今少し御工夫可然か」（内田百閒宛書簡、明治四十二年八月二十四日。『漱石全集第二十二巻』）としている。

百閒は、明治四十三年三月に短篇「烏」（『第六高等学校誌』）を内田臾象の筆名で発表した。『冥途』所収の短篇で最も古い作品である。

「烏」の梗概は次の通りである。旅先で宿に入ると、主婦と若い娘がいる。宿の主人は突然脚気で死んだのだという。主婦が猫は「必ず人の目にかからぬ所まで行てから、死ぬると云ひますがな」（「烏」）という。烏を持ち歩く客が烏の臓腑を摑み出している。猫が外に出て行く。床に入ってから、直ぐ近くで烏の血だと云う声がする。

「烏」は、漱石の「夢十夜」（『東京朝日新聞』明治四十一年七月二十五日〜八月五日）と同じく夢のような雰囲気を持つ小説である。漱石門下で百閒と親交の深かった芥川龍之介は、『冥途』諸短篇について「悉夢を書いたものである。漱石先生の「夢十夜」のやうに、夢に仮託した話ではない。見た儘に書いた夢の話である」（芥川龍之介「点心」『新潮』大正十年二月〜三月）としている。

三、漱石門下

百閒は、明治四十三年に上京し、東京帝国大学に入学した。漱石との最初の面会[1]について百閒は「田舎の中学生時代から、同じく田舎の高等学校を終るまでの何年間、私は先生の文章によつて、先生を崇拝し又先生を慕つて居たのですが、いよいよ東京の大学に来る様になつて、やつと先生に会つて見ると、どうも何となく怖くつて、いくらか無気味で、昔から窃かに心に描いてゐた様な「先生」には、中中近づけさうもないのです」（「明石の漱石先生」『漱石全集』「月報十六号」昭和四年六月）としている。その後、漱石山房の面会日（木曜会）に出席するようになり、漱石門下である森田草平らと知り合った。これが、大正三年以降の芥川龍之介との交友のきっかけとなる。

この頃の百閒は「先日来の軽い神経衰弱が軽いなりに続くのでこまつて居ます。（中略）今度のはどうも原因がわかりません。（中略）夢を見るのみならず、今迄経験のない不眠が襲うて来るのに困る」（清子宛書簡、明治四十四年四月十三日『恋文・恋日記』福武書店、平成元年五月）としている。

大正二年から百閒は、漱石の著作の校正を担当する。「先生のまだ在世せられた当時、既に、先生の新著及びその頃盛に翻刻された縮刷版の校正にあたつて、私の手にかけた数は、恐らく十冊に及んだらうと思ふ」（「動詞の不変化語尾に就いて」『東炎』昭和十年二月）。漱石の百閒宛書簡十八通のうちの大半は、漱石の著作の校正についてである。

百閒が「私は若い時非常に漱石先生を崇拝したので、先生の真似をした。真似をしたのは私許りでなく、先生のお弟子の中には、先生の様な歩き方をしたり、先生の様に笑つたりする人があつた」（「机」『読売新聞』昭和十五年六月二十五日）というように、百閒を含む弟子たちは漱石と同一化しようとしていた。しかし、百閒は他の門下生に比べて漱石との接し方が異なっていた。

何年たつても、私は漱石先生に狎れ親しむ事が出来なかつた。昔、学校で漱石先生に教はつた人達は勿論、私などより後に先生の門に出入した人人の中にも、気軽に先生と口を利き、又木曜日の晩にみんなの集まる時は、その座の談話に興じて、冗談を云ひ合ふ人があつても、私は平生の饒舌に似ず、先生の前に出ると、いつまでも校長さんの前に坐らされた様な、きぶつせいな気持が取れなかつた。（内田百閒「漱石先生臨終記」『中央公論』昭和九年十二月）

百閒は、漱石に崇拝と畏れという両価的な感情を持っていた。大正四年には、後に『冥途』に収録される「道連」「豹」「支那人」「山東京伝」「柳藻」「花火」「冥途」「拾い物」などを既に稿了していたという（平山三郎「解題」、『内田百閒全集第一巻』講談社、昭和四十六年十月）。しかし、百閒は大正四年にはこれらの短篇を発表しなかった。百閒が漱石存命時に発表した『冥途』所収の短篇は、漱石との面会以前の作品である「烏」だけであった。

大正五年も、百閒の神経衰弱は続いている。「一人二階に上つて書斎に坐つてゐると人の死んだ後の様な気がする（中略）涙がにじんだり胸さわぎがしたり頻りにうら淋しい気持がする、病気ぢやないかと思ふ。脈を見ると九十六打つてゐる。晩食も味がない」（『百鬼園日記帖』大正五年九月十一日）とある。その五日後に「帰つてねてゐた。何故だか井上侯が死ぬる前に一度危篤になつた折の景色が見える。それを見とれてうつうつしかけると突然胸の苦しさを覚えて反射的に片手でベルを探した」（同、大正五年九月十六日）。さらに動悸が激しくなり、「手足ががくがく震へて止まない」（同）といった状態になり、医者に神経衰弱と診断されたという。「夏の八月十九日からずつと飲みつづけてゐる神経衰弱の薬」（同、大正六年十二月七日）とあり、神経衰弱が長く続いていることがわかる。

四、漱石死後の「冥途」

大正五年十二月に漱石が死去した。その一ヵ月後、百閒は「冥途」「山東京伝」「道連」（総題は「冥途」、『東亜之光』大正六年一月）を発表する。「冥途」は、第一短篇集『冥途』の最後に配置され、総題にもなっているように、『冥途』の中で重要な位置を占めている。「冥途」は、「私」と「父」が土手で再会する話である。

「山東京伝」は、山東京伝の書生となった「私」が「閾の上に手をついて、丁寧に御辞儀をした。暫らくして頭を上げて見ると、山東京伝は、知らん顔をして、椀の中に箸をつけて居た。それで私は猶の事、山東京伝を尊敬し度くなつた」（「山東京伝」）。最後に「私」は、山蟻を人間と間違えたため、山東京伝に「出て行け」と言われて追い出される。
「道連」は、「私」と一緒に歩いている道連が話を始める。瑜珈（ヨガ）の尼が坊さんと媾曳しているところへ馬が来た。尼が逃げたら、馬が追いかける。尼は逃げ詰まって井戸の中に飛び込む。馬が井戸の周りをぐるぐる回っている。坊さんは首を吊って死んだ。道連は、自分がその坊主だと言った。

百閒は、大正六年から『漱石全集』（岩波書店）の編纂校閲を森田草平らとともに行った。百閒は校正を担当し、漱石が用いる文章の語尾を印刷の際に統一するために漱石の文章の癖を調べ、「漱石先生の仮名遣、送り仮名、用事の上の癖などを調べ、それに則つた「漱石文法」（「実説草平記」『小説新潮』昭和二十五年九月）を作るなど、厳密に校正を行った。そのため、百閒は仕事に追われる生活を続ける。「今日は仕事をしようと思ふ。「坑夫」や「それから」の原稿整理をしよう。しかしそれよりも、早く仕事に追はれなくなつて、心の底にむくむくしてゐるものを書きたい。創作がしたいと思ふ」（『百鬼園日記帖』大正六年十二月十日）。だが、百閒は漱石死後に執筆を始めた日記『百鬼園日記帖』に、小説を書いていることを記していない。実際に、大正十年までの五年間は全く短篇を発表していない。

五、「死の不安」

百閒は、『百鬼園日記帖』の凡例で「大正六年は著者の年齢二十九歳にして鬱悶のため頻りに過去に拘泥し死を恐れ沈屈の情発する能はず七年に入りて少しく立命を得たるに似たれども八年は再び憂悶と焦燥に始終し外には身辺交友の間に不祥の事多く内は生活の破綻漸く彌縫し難し」(『百鬼園日記帖』三笠書房、昭和十年四月)として、「死の不安」にとらわれている。また、『百鬼園日記帖』を書き始めた動機として次のように述べている。

此頃の取りとめのない死の不安(考へてゐる内に此文句を書くのが恐しい、いやな気がした)が腹の底で此帳面を書けと云つたらしい。(中略)又創作の心覚えにしようとも考へた。これは真面目であり役にたつ。それから先生がかういふ帳面をつけてゐたので私も夫にならふのである。(『百鬼園日記帖』大正六年七月二十八日)

百閒は「死の不安」について繰り返し言及している。「遺書を書くといふ事は私の此頃の願である」(『百鬼園日記帖』大正六年九月二十七日)、「生者必滅会者定離」と書き、涙を流した(大正六年十二月十日)。また、「此一年間私は死を恐れ通した」、「私は殆ど一年間死を恐れた。(中略)神経衰弱の所為かも知れない」(同)、「死ぬる自由が得たい」(大正七年一月二日)という。

また、『百鬼園日記帖』には、川から死骸を担架で運んでいる様子を見て「こんな奴が意識閾の下に沈んでゐて、何年かすると不意に悪夢の中に出て来るのだらう」(大正八年八月四日)とある。[2]百閒は『百鬼園日記帖』に七日分の夢を具体的に記録しており、そのうち六日分が死に関する夢である。[3]「死骸」(大正六年十二月(論者注:日にち不明))、「死の香」(大正七年六月二十九日)、「船頭の死んだ場所」(大正八年三月一日)「多美(論者注:百閒の長女多美野)の墓標」「多美の骨」(ともに大正八年四月三十日)などがある。死の夢を繰り返し見て、詳細に記録しており、百閒は死に対して強い関心をもっていたと思われる。

百閒は漱石の死後も「崇拝してゐる先生のする事は何でも真似がしたい」(「前掛けと漱石先生」『夕刊読売』昭和二十五年四月二十二日)として、漱石の使っていた机と同じ寸法の机を使い、煙草の銘柄を真似て、漱石に書いてもらった書画を飾り、漱石の死後譲り受けた形見の万年筆を使い、インクの色を同じセピア色にするなどしている。さらには、「何でも先生の真似をするのがすきだからその(論者注:漱石の)墓地に死んで見たいと冗談を云つて顧るに少しはほんたうの気もするので呆れた」(『続百鬼園日記帖』大正十年一月九日)とまでいう。

六、父久吉の十三回忌

百閒は、父久吉の十三回忌（大正六年八月三十日）の年に、次のように述べている。

私は何度お父様の思ひ出をしたかしれない。瞑つてゐる目の裏に涙がにじみ出る事もある。けれども、ほんたうにけれども、これは無用な事である。私がそのままお父様自身であつた。お父様は十三年前佛心寺で、苦しんで死んだ。その有様を私は覚えてゐる。けれどもそれは私が自分の過去に病気した時の苦しみの少し遠いものに過ぎない。お父様の心は死の前にも失意の底にあつた。それも私の過去の思ひ出の中の失意の親に過ぎない。お父様を思ひ出してたたへる涙はお父様自身の追懐の涙であり同時に私自身の追懐の涙である（『百鬼園日記帖』大正六年十二月十日）。

百閒は『百鬼園日記帖』で、「私は生きてゐるお父さんも好きだつたけれど、死んだお父さんの思い出も同じ位になつかしい」（『百鬼園日記帖』大正六年八月三十一日）など、父久吉を繰り返し追慕の対象としている。また、百閒は「子供によつて不死」、「生殖器が人間の中心であつた。その外のあらゆる器官は、その従属的存在に過ぎなかつた」（ともに『百鬼園日記帖』大正六年十二月十日）と考える。百閒の本名は、祖父と同じ「栄造」である。百閒は、自分の長男の名を父と同じ「久吉」にしている。後に、四十八歳の百閒は、四十五歳で死去した父について「今自分の考へて廾る事と、昔父の考へかけた事との間が、数十年の間を飛び超えて突然つながり、その境目がわからなくなる。自分の考へて廾る事は父の考へかけた事の続きである」（「三代」『東京朝日新聞』昭和十一年八月六日）という。

七、借金癖

『続百鬼園日記帖』（三笠書房、昭和十一年二月）の凡例には、「続篇は大正八年の後半より始まり奔命に衣食して九年に入れば焦燥益甚しく十年十一年机辺に在る事漸くまれなり」とある。百閒は、芥川に陸軍士官学校独逸語学教授（大正五年一月から）と海軍機関学校独逸語学兼務教官（大正七年四月から）の職を紹介してもらい、法政大学教授（大正九年四月から）も務めていた。それでも、高利貸しや知人から借金をし、「二三年前の今夜は五円借りに先生の許へ行つた」（『百鬼園日記帖』大正六年十月十五日）など、崇拝する漱石からも何度か借金をしている。

日々の生活に追われているためか、大正八年からの日記にはこれまでのような直接心情を吐露するような記述はなくなり、代わりに士官学校や機関学校について、または借金のやりくりなど、百閒自身の一日の動きをまとめた日記が大半を占めるようになる。

百閒は、この借金癖について後に「子供の時に我儘勝手の仕放題で育つた事が禍をなして、後年飯も食へない様な貧乏をしたのであらうと思ふ」（「たらちをの記」）としている。また、「小生の収入は、月給と借金とによりて成立する。二者の内、月給は（中略）小生を苦しめ、借金は月給のために苦しめられてゐる小生を救つてくれるのである」（「無恒債者無恒心」『週刊朝日』昭和八年四月）といい、森田草平も「わざわざ鎌倉にゐる私の許まで二等の汽車に乗つて、自動車で乗りつけて、主人と一緒に酒を飲んで、その晩は一泊した上、明くる朝十円持つて帰つて行く。大半は汽車賃と自動車代に消えてゐるのだ。どうも娯しみに借金してるのだとしか思はれない」（森田草平「六文人の横顔」『文芸春秋』昭和七年九月）としている。

この頃の百閒は、「冥途出版の事をたのんで置く」（『百鬼園日記帖』大正八年四月二十二日）、「晩に春陽堂の木呂子が冥途の出版の用で来た。まだ原稿の整理も出来てゐないのだから、何れ直した上で又知らせる事にして帰す」（同、大正八年四月二十七日）とあり、『冥途』出版の計画があったことがわかる。しかし、「一日冥途の「尽頭子（じんとうし）」を書く。大方出来たけれどもまだすまない。夜、「件」の腹案が出来た」（同、大正八年五月四日）、「一昨日書きかけた「尽頭子」

も途中止めになつたままだし、昨日すぐに書いて置こうと思つた「件」の腹案もまだ何だか少し気が抜けた様な気がする」（同、大正八年五月六日）とあり、小説の執筆ははかどっていない。

この頃、百閒は、森田草平の紹介でゲーテ（Goethe, J. W.）の「ウィルヘルム・マイステル」やホフマン（Hoffmann, E. T. A.）の翻訳をしていた。翻訳について百閒は「金は欲しいから出して売れるなら有り難いけれども万一その為に有名になるのは迷惑だと思つた。出来る事なら「冥途」を出した後にしたいと思つた」（同、大正八年八月五日）、「冥途が早く出したい」（同、大正八年八月十一日）とあり、『冥途』を刊行したいという意志はあった。しかし、その後も「冥途の続きを書かうかと思ひ、尽頭子の先を考へてゐたら昼寝をした」（『続百鬼園日記帖』大正九年八月三日）、「ひるね、起きてから晩迄に件の後を六枚余り書いて脱稿した。旧稿五篇に加へて、冥途として一先づ雑誌に出すつもり、夜その五篇を選んだ」（『続百鬼園日記帖』大正九年八月九日）とあり、短篇「件」の完成に一年以上かかっている。

八、『冥途』の完成

百閒は、大正十年一月から七月の間に、後に『冥途』に収録される短篇を全て発表した。八月には『冥途』の目次や原稿整理を行い、大正十一年二月に短篇集『冥途』（稲門堂書店）を刊行した。これまでに発表した短篇十八篇を収録している。百閒は、後に「余は前著『冥途』を得るに十年の年月を要し」（「旅順入城式序」『旅順入城式』岩波書店、昭和九年二月）としているように、『冥途』刊行までの間、諸短篇を雑誌に発表するたびに改題や改稿を繰り返していた。大正十年の発表の際に、明治四十三年初出の「烏」は改稿され、大正六年初出の「道連」は「土手」と題名を変えて改稿されている。

改稿された「烏」は、改稿前にいた宿の主婦はおらず、若い女だけとなっている。また、「隣の男の顔が、色色な形になつて、私の目の前をちらついた。不思議な事にはその顔が、どれもこれも、みんな片目だつた」（「烏」）とある。改稿前の「烏」は死が主題であったが、改稿後の「烏」は隣の男の顔が片目であることが強調される。

大正六年初出の「道連」での坊主と尼の媾曳は、大正十年の改稿後の「土手」では省略され、道連が「私」のことを「栄さん」と呼び、兄だと名乗る。さらに、「兄さん」と呼んでくれと言うが、「私」がどうしようか迷っているうちに道連はいなくなる。

大正九年に脱稿した「件」も大正十年に発表している。「件」は、「私」が「からだが牛で顔丈人間の浅間しい化物」（「件」）の件に生まれ変わるところから始まる。「件は生まれて三日にして死し、その間に人間の言葉で、未来の凶福を予言するものだ」（同）という話を思い出す。

群衆が予言を聴きに来る。「予言するから死ぬので、予言をしなければ、三日で死ぬとも限らないのかも知れない」（同）と件は悩むが、聴衆の中にいる倅を一目見ようと伸び上がると、聴衆は予言をすると誤解して逃げ散ってしまう。最後に、件は「何だか死にさうもない様な気がして来た」（同）と、あくびをする。

九、『冥途』以後

百閒は、大正十一年一月に短篇「映像」（『我等』）を発表した。また、大正十一年八月の『続百鬼園日記帖』には「春心」と「先行者」を書いたとある。「映像」、「春心」、「先行者」は、昭和九年二月刊行の第二短篇集『旅順入城式』（岩波書店）に収録される短篇だが、大正十一年二月刊行の『冥途』と同時期の作品であり、作風は類似している。

「映像」は、寝床に入っていると、「私の顔が外から、私を覗いてゐた」というドッペルゲンガーを書いている。

「春心」は、砂浜にある岩のくぼみに蛸がいて、ナイフで蛸の足一本と頭の一部を切り取ったが、途中で足と頭を投げ捨てた。寝床に入っても罪悪感にとらわれている。

「先行者」では、「私」と「先生」がミルクホールで麦酒を飲んでいると、「目くら」が店に入ってきて牛乳を二杯飲んで出て行く。「私」と「先生」は「目くら」を怖がる。ミルクホールを出た「私」と「先生」は、小さな祠の拝殿の前に腰を掛けようとすると、すでにそこは人の肌のように温かくなっている。次に休んだ車屋の涼み台も温かくなっている。「先生」と私は「目くら」が常に先に腰掛けていることに気づき、怖れる。最後に先生の家の前に着く。玄関の開く音がして「お帰んなさい」と云う先生の奥さんの声が聞こえた。「私」は「目くら」が玄関の中に這入る姿を見た。「先生」は倒れ、身動きもしなくなってしまった。

大正十年の『続百鬼園日記帖』は、一月、三月、八月、九月の日記のみで内容も薄くなる。百閒は、「春心」と「先行者」を発表した大正十一年八月に『続百鬼園日記帖』の執筆を終えている。

Ⅱ 考察

一、「死の不安」

百閒の『冥途』刊行までの作品を精神分析的に考察する。百閒にとって父の存在は、強く懐かしさを覚えさせるものであり、同一化の対象であった。しかもその同一化は、死んだ父に対しても、意識に上るほどに強く行われている。この目立った特徴が、百閒の創作に影を落としていると思われる。

フロイトは、神経症者への分析をもとに、無意識の欲望の抑圧とその回帰によって症状が生まれるとした。この無意識の欲望は、父殺しの欲望と近親相姦の欲望のことであり、エディプスコンプレクスとして表される。特に、父に対する欲望は、憎しみである父殺しの欲望だけでなく、情愛である同一化の入った両価的なものであるとされる。そして、死の不安や賭博癖については、これを父殺しの欲望に対する自己懲罰であるとしている（フロイト「ドストエフスキーと父親殺し」[4]）。フロイトがドストエフスキーについて着目した、このような父親との関係の特徴は、『冥途』刊行までの百閒の想念や行動においても垣間見られる。百閒は、父親との関係を、同一化が可能かどうかということをめぐって、師漱石との間でも繰り返しているように思われる。

百閒が六高時代に書いた『冥途』所収の第一作「烏」は、死を題材としており、父久吉や親友堀野寛の死との関わりを連想させる。百閒の「死」についての観念は、漱石と出会う前から始まっている。新宮一成は「在不在交代の原則に従って次々と表れてくる対象は、互いに他を表象し合っている。すなわち、夢で何か一つの対象が消えたあと、次の場面で別の対象が現れたとすると、はじめに消えた対象とあとで現れた対象は同じものを表すのである」（『夢と構造』弘文堂、昭和六十三年三月）としている。この「在不在交代の原則」をもとに「鳥」を見ると、宿屋の主人は既に死んでいるため姿を現さず、猫は外に出て行って死を迎え、鳥も旅人に殺される。父久吉の死因も脚気であったことから、宿屋の死んだ主人と造り酒屋の主人である父久吉には共通性がある。つまり、「鳥」は、父久吉の死後、残された宿屋の家族の中に「私」が父として参入するというエディプス的な欲望を率直に表現した作品に見える。

漱石門下となった明治四十四年からの百閒は、漱石に崇拝と畏れの両価的な感情を抱えるようになる。大正四年には小説を書いていたものの、大正五年の漱石の死までの六年間、小説を全く発表しなかった。大正四年に百閒が書いていた短篇のうち、大正六年発表の作品を除くと、「豹」「支那人」「柳藻」「花火」「拾い物」はどれも「私」が追いかけられたり襲われたりといった被害者となっている。

フロイトは「職業活動における制止が少なからぬ場合そうであるように、自己懲罰のために出現する。自我がこうした活動を行うことを許されないのは、それによって厳格な超自我の拒んでいる利益や成功が自我にもたらされるかもしれないからである。そこで、自我はこうした成果を放棄して、超自我との心的葛藤に陥らないようにする」[5]としている。父久吉の死後、漱石が百閒にとっての新たな「父」となった。「先生の前に出ると、いつまでも校長さんの前に坐らされた様な、きぶつせいな気持が取れなかつた」（内田百閒「漱石先生臨終記」）とあるように、百閒は漱石を崇拝する一方で、漱石からどのような評価を受けるか、過度に敏感になっていたと思われる。また、世間に認められることで、愛する父久吉を凌駕し、貶めることになるかもしれないという恐れもあったかもしれない。これらの心的葛藤を避けるために、百閒は小説の発表を断念することになる。漱石が健在であったときに短篇を発表せず、その後もほとんど発表しなかったのは、無意識による制止が働いていたとみることができる。

この漱石への畏怖の感情からくる制止は、漱石の死後からわずか一ヵ月後の大正六年一月発表「山東京伝」で、師弟間の緊張関係として表現されている。師である「山東京伝」が弟子の「私」を破門する。「抑圧の動因は去勢不安である」（「制止、症状、不安」）とすれば、百閒には心の中の死せる漱石の超自我的な脅しによって制止が起こり、小説を発表できなかったことになる。

同年発表の「冥途」では、父と土手で再会する。土手は『冥途』諸短篇の舞台として「花火」、「木霊」、「短夜」、「流木」、「道連」、「冥途」と繰り返し登場する。「不気味なものとは実際、何ら新しいものでも疎遠なものでもなく、心の生活には古くから馴染みのものであり、それが抑圧のプロセスを通して心の生活から疎外されていたにすぎない[6]」。百閒の馴染みであった「六高土手」は、葬列の道であった（内田百閒「鬼苑漫筆」『西日本新聞』昭和三十一年二月三日～四月十七日）。

「冥途」は、死者との再会をテーマとした小説である。それは、『冥途』というタイトルが死者のいる世界を指していることにも表れている。死者は、「抑圧されたものが回帰するとき、抑圧するものそれ自体から姿を現す[7]」という「抑圧されたものの回帰」である。百閒は、フロイトが「夢を見る本人は自分を死者と同一化する」（『夢解釈』）というように、「冥途」という夢のような小説で死んだ父と再会し、同一化しようとしている。

「道連」には嬶曳する坊さんと尼、二人の間に割って入る馬が登場する。それぞれが「父」「母」「子」を表しているとすれば、逃げる尼を馬が追いかけ、尼の落ちた井戸の周りを馬が回り、最後に坊さんが死ぬという展開は、水の中に落ちることは分娩を表すことからも（フロイト『夢解釈』）、父殺しの欲望と近親相姦の欲望と見ることができるだろう。「道連」は大正十年に改稿されているため、この大正六年の「道連」には、抑圧すべきエディプス的な欲望が表現されてしまっていると思われる。

このように、大正六年発表の「山東京伝」には師の抑圧による去勢不安、「冥途」には父との同一化、「道連」にはエディプス的な欲望が表現されている。

フロイトは「死の不安」の原因として、父に去勢の脅しをかけられたことによる去勢不安からの「死の不安」、父殺しの欲望による罰としての「死の不安」、死んだ父との同一化によって自らも「死の不安」にとらわれるという三つをあげている（「ドストエフスキーと父親殺し」）。大正六年発表の三つの短篇は、フロイトのいう三つの「死の不安」の原因にそれぞれ対応している。実際に、大正六年の短篇発表後の百閒は「死の不安」に苦しんでいる。この「死の不安」は反復強迫となって日記に頻出する死の夢に現れている。また、父久吉の十三回忌での同一化を思わせる言及や、漱石の真似をする行為には、百閒が死者である二人の父に同一化することによる「死の不安」をみることができる。これは自らに罰として「死の不安」を与えているともいえる。それは、百閒が漱石の死を通して自らの父殺しの欲望を成就し、制止されていた小説を発表してしまったためである。フロイトは、父殺しの欲望を「罪責感の主要な源泉である」（同）としている。百閒の父殺しの欲望は、父と漱石の死によって成就し、その結果として百閒に罪悪感が生まれ、「死の不安」に脅かされるようになったともいえる。

この罪悪感は、百閒の借金癖にもみてとれる。借金返済の重圧が漱石の死という父殺しの欲望を成就したことによって、罪悪感の代理となるからである。そのため百閒は、借金に追われる生活をむしろ望み、選ぶことで罪悪感から解放されようとしていたと思われる。最晩年の窮乏した父との同一化もここには含まれていたのであろう。

フロイトが「事後的にのみ外傷となった想起が抑圧されるということは至るところで認められる」（「心理学草案」[8]）というように、父久吉の死は、漱石の死によって事後的に心的外傷となった。漱石の死は、百閒の「死の不安」の引き金となったのである。

二、「空想（ファンタジー）世界」

百閒は、大正八年と九年の「件」と「尽頭子」で、小説を書くのがはかどらない様子を見せる。フロイトが「字を書くことは、一本の管から液体を一白紙片に流し出すことから、象徴的に交接の意味を帯びることがある。また、歩行が母なる大地の肉体を踏みつけることの象徴的代替となる場合、書字と歩行は、いずれも、あたかも禁じられた性的行為を遂行しているかのようにあるために行われなくなる」（「制止、症状、不安」）とする、制止とみることができるだろう。

その後、「件」は大正十年に発表することになる。フロイトが「フモールは諦念的ではなく、反抗的であり、それは自我の勝利だけではなく、現実の状況がどんなに厳しかろうとそれに打ち勝つことができる快原理の勝利をも意味しているのである」（「フモール」）というように、百閒はこれまでのように「死の不安」に怯える被害者ではなく、「死の不安」に対してフモールで打ち勝とうとしている。フロイトはフモールを父と子の関係、超自我と自我の関係とするが（同）、件は父＝超自我に生まれ変わり、「冥途」と同じく父と同一化しようとしている。また、「件」では、恐ろしい予言に怯える群集と、件が人間だった時の息子を、死に怯える自我、つまりこれまでの百閒とすることで、「フモールの態度」で「死の不安」をとらえている。「子供には深刻に思える関心事や悩み事が、大人には取るに足らないことだと分かるので、大人はそれに微笑みかける」（同）のである。それは最後に件はあくびをして、「何だか死にさうもない様な気がして来た」（「件」）ということからもわかる。この台詞は、父久吉が死の直前に「これでいい、もう死ぬ」と言ったことと対応しており、「件」でのフモールが最後まで一貫して表現されているといえるだろう。

大正十年に改稿し、発表した「烏」と「道連」では、夢の作業のような変更が加えられている。改稿前の「烏」では父殺しと近親相姦の欲望が表現されていたが、改稿後の「烏」で目がつぶれていることは、欲望が抑圧され、去勢の罰が表現されているように見える。

「道連」を改稿した「土手」は、「私」の名を百閒の本名である「栄さん」としている。道連が「私」に「兄さん」と呼んでくれというが、百閒は一人っ子である。つまり、道連は本来「父さん」と呼ばれるべきところを「兄さん」に置き換え、夢の作業でいうところの遷移によって改稿前に表現されていたエディプス的な欲望を抑圧し、小説の発表を可能にしている。

フロイトは神経症において、「欲望の通りにはならない現実をある別の欲望に適った現実によって代替させる試み」として、「空想世界(ファンタジー)」を挙げている(「神経症および精神病における現実喪失」[10])。「件」はフモールとして、「烏」と「土手」は夢の作業によって「空想世界(ファンタジー)」の中で現実を代替しようとしているのである。

三、ドッペルゲンガー

『冥途』を刊行した大正十一年になると、百閒の短篇の内容に変化が見られるようになる。「春心」には蛸をナイフで切り取るといった主人公による加害行為がみられる。これまでに発これまでに発表された諸短篇では、主人公は主に状況に振り回される被害者であった。この変化は、『冥途』の完成による昇華を要因として考えることができる。フロイトは「社会的に評価される類いの目標変更と対象交換を、私たちは昇華として」(「続・精神分析入門講義」[11])いる。これまでは死の欲動を内側に向けていたために罪悪感と「死の不安」を感じていたが、『冥途』を完成させることで死の欲動を外側に向けているのである。

「春心」における直接的な加害行為と「映像」のドッペルゲンガーを夢の作業のように縮合して表現したのが「先行者」である。谷口基は、「先行者」に登場する「先生」を漱石とし、「先生」の奥さんに迎えられて玄関に入った「目くら」が、「夢十夜」の「第三夜」と同じ「盲目の青坊主」であることから、この短篇がオイディプス王の物語と同じ構造をもつことを指摘している。また、百閒が長大な顔で丸刈りの頭であることから、「先行者」の「目くら」を百閒のドッペルゲンガーではないかとしている（谷口基「内田百閒『先行者』をめぐる一考察」『立教大学日本文学』昭和六十一年十二月）。

「先行者」に登場する「目くら」は、百閒のドッペルゲンガーとして漱石のように振る舞うことで、百閒と漱石が同一化することになり、エディプス的な欲望を満たす。しかし、「目くら」であることは精神分析では去勢を表すことから、「先行者」の「目くら」には父殺しと近親相姦の欲望、つまりエディプス的な欲望を満たすことはできないという矛盾がある。「目くら」はエディプスコンプレクスを達成したことに対する罰をあらかじめ受けてしまっているのである。

そこで、オイディプスの物語では、オイディプスが父殺しと近親相姦を達した後に罪悪感から両目を突くが、夢の中では「夢のはじめの部分が結論、結末が前提を表していることもしばしばある」(「夢について」)とフロイトがいうように、「先行者」ではエディプスコンプレクスと去勢の因果関係が逆転していると考える。つまり、「先行者」では先に去勢の罰があり、その後でエディプスコンプレクスを達成するという展開になっている。すると、百閒のドッペルゲンガーである「目くら」には、百閒の「去勢不安」からくる「死の不安」があらかじめ投影されているといえる。

ランク(Rank, O.)のドッペルゲンガー論[12]をもとに考察すると、百閒が自身のドッペルゲンガーを出現させることは罪の意識の表れであり、ドッペルゲンガーの行い、つまり、「先生」の家に自分の家のように入り、「先生」を倒すという父殺しの欲望に対する罪悪感をドッペルゲンガーに転嫁することに成功しているのである。

百閒は「先行者」のドッペルゲンガーによって漱石との同一化を果たし、エディプス的な欲望とその罪悪感をドッペルゲンガーに転嫁することで欲望成就すると同時に、去勢不安による制止や「死の不安」から離れることができたのである。

四、「創造の病」

最後に、若干見方を変えて付け加えるならば、百閒の『冥途』刊行までの創作過程は、エランベルジェ（Ellenberger, H. F.）の「創造の病」の概念から検討することもできるだろう。[13]「創造の病」の症状はしばしば神経症の形をとり、抑うつ、消耗、易刺激性、不眠、頭痛、神経痛、時として精神病や心身症が見られるとされる。病の始まりは、一般に知的集中作業、長い省察、瞑想の時期に引き続いて起こる。病の全経過中、一般に本人は取り付かれたように何らかの支配観念あるいは事象に専心没頭する。病の終結には、長期間の苦しみからの解放体験だけでなく、頓悟体験がある。快癒の後に強い高揚感、至福感、鼓舞感が続く。快癒に続いて永続的な人格変化、知的あるいは霊的な発見を達成したという確信があるとされる。

百閒の「憂悶」と「創造の病」の対応関係としては、漱石門下となった明治四十四年の神経衰弱による不眠や消耗、大正五年の神経衰弱では易刺激性や動悸、不整脈、手足が震えるといった心身症的症状があった。また、病の全経過中に起こる支配観念として、漱石への畏怖の感情からくる去勢不安と小説を発表できないことに見られる制止、死去した父久吉と漱石への同一化、父殺しの罪悪感による「死の不安」と借金癖といった事象があった。百閒は自分の作品を発表する前段階として、新たな「父」漱石との同一化を安全に果たせる漱石作品の校正という仕事に専心没頭していた。また、「創造の病」における知的な発見としては、短篇において漱石の「夢十夜」と同じ小説形式を独自の方法で発展させたことが挙げられる。大正四年の諸短篇ではみな被害者となり、閉塞状況に追い込まれる内容であったが、大正六年の「冥途」では父との同一化による「子供によつて不死」を小説によって表現した。しかし、父との同一化は「死の不安」を強めることになる。そこで、「件」では「死の不安」にフモールで反抗し、「先行者」におけるドッペルゲンガーで心的葛藤を転嫁した。こうして百閒は「創作の心覚え」、「死の不安」、「先生にならう」という『百鬼園日記帖』を書き始めた三つの動機を克服したのである。『続百鬼園日記帖』が「先行者」の発表と同じ大正十一年八月に執筆を終了したことは、『冥途』刊行までの心的葛藤の克服と創造的な発見の達成があったためではないだろうか。

五、まとめ

百閒は十六歳の時に父久吉を、二十七歳の時に師漱石を亡くしている。漱石の死は事後性の機制によって、父久吉の死を百閒の心の中に蘇らせ、百閒はこの時に再燃したエディプス葛藤により制止に陥った。しかし、再び漱石の「夢十夜」を模範とすることで、心的葛藤から離れることができた。この過程はエランベルジェの「創造の病」に相当するものであると考えられる。

第四章　佐藤春夫「更生記」における精神分析と精神医学

一、「更生記」について

佐藤春夫「更生記」(『福岡日日新聞』昭和四年五月二十七日～昭和四年十月十二日)は、精神病学の助教授がフロイトの精神分析を用いて、ヒステリー者を治療する小説である。これは、精神分析を題材とした日本で最初の長篇小説である。

昭和初期に伊藤整が新心理主義文学を掲げ、フロイトの精神分析やジョイス(James Joyce)の「ユリシーズ」(一九二二年)の影響をもとに評論や「意識の流れ」を用いた小説を発表した。川端康成もまた、「意識の流れ」を用いた小説「針と硝子と霧」(『文学時代』昭和五年十一月)と「水晶幻想」(『改造』昭和六年一月、七月)を発表している。

佐藤春夫はこれら新心理主義文学の作家たちに先んじて「更生記」を発表したが、あまり注目されなかった(曾根博義「フロイトの紹介の影響―新心理主義成立の背景」昭和文学研究会編『昭和文学の諸問題』所収、笠間書院、昭和五十四年五月)。当時の文芸時評である、谷川徹三「佐藤春夫氏の長編小説」(『読売新聞』昭和六年二月五日)、宇野浩二「文学の眺望」(『改造』昭和六年十一月)、土田杏村「美文調の流行 疲労した社会生活の反映」(『時事新報』昭和七年三月四日)のどれも「更生記」についてはわずかな言及しかない。しかし、文学的には注目されなかったとしても、「更生記」はこの時期の精神医学的見地と日本の思想界との間の関係のあり方を色濃く反映している。

本章では、「更生記」に言及のあるフロイトのヒステリー論を取り上げ、クレペリン（Emil Kraepelin）『精神医学』の影響や、佐藤が参照した精神病学の文献を明らかにする。これらの知見をもとに、西欧の精神医学の思想が、どのように日本文学に受容され、その人間観に影響を与えたか、また、日本文学が近代精神医学の人間観をどのように用いたかを考察する。

二、「更生記」におけるフロイトのヒステリー論への言及

「更生記」の梗概を掲げる。学生の大場は、自殺しようと電車の線路にいた辰子を引き留める。辰子は赤ん坊の声の幻聴が聞こえるという。また、辰子はハンカチを見て「ヒステリー性痙攣発作」を起こしたため、大場は精神病学の猪股助教授に相談する。精神分析で辰子を治療することにした猪股は、探偵社に辰子の調査を依頼する。探偵によれば、辰子は八年前に浜地英三郎という人気作家ではあるが評判の悪い男との関係を新聞で騒がれていた。浜地は、辰子誘拐事件を起こし、刑事に引致されて社会的地位を失い、精神の異常により精神病院で六年ほど生活している。浜地の病名は「パラフレニイ」となっている。事件後、辰子は別の男と結婚

して出産したが、浜地の子ではないかと夫は疑う。辰子と夫が子のことで口論になった際、夫はうっかり子を殺してしまう。死んだ子の口からハンカチが出てきたため、辰子は子を乳房で圧しつぶして死なせてしまったことにして処理する。その後、夫は発狂し入院する。これらの過去を猪股に告白した辰子に、回復の兆しが見え始める。

猪股は、「更生記」でフロイトについて次のようにいう。

その女（論者注：辰子）は何か深い秘密を持つてゐるらしい。そのためにヒステリーをおこしてゐるに相違ないのだが、僕（論者注：猪股）はその秘密をその婦人に打明けさせて見せるつもりなのだ。この間ウヰーンの学者の報告を読んでゐるうちに、僕は自分でも一度精神分析法によつて治療を施して見たくなつてゐたのだ。僕は早発性痴呆までそれで治療出来ると思ふほどフロイド流の信者にはなれないが、ヒステリーならば確かになほりさうな気がしてゐるのだ。思ふこと言はぬは腹ふくるる業といふが、(1)ヒステリーはその腹のふくれ切つて醗酵した奴だと僕も思つてゐる。醗酵してその上でいい表現法が見つかつたら随分、詩の傑作にもなるやうな内心の苦しみが、表現方法を見つからないがために、或は見つかつてもそれを表現するだけの勇気がないがために更にその苦しさが等比級数的に倍加するのだね。だからその表現方法なり、その勇気なりを我々が外から助力してやればいいのだよ。昔はいい方法があつたもので——耶蘇教のカソリツクの懺悔などといふものが、それに役立つてゐるのだぜ。現代では他人の私生涯を針小棒大にあばき出して得たりとする機関は具はつてゐても、初めから何でも宥すといふ寛仁な約束で他人の秘密を聞かうといふ機関はもう無くなつた。（「予言者の事」）

猪股はフロイトの理論をもとに、ヒステリーの原因となる秘密を打ち明けさせることで、治療できるとしている。「思ふこと言はぬは腹ふくるる」と同様の表現は、管見によれば佐藤の最初のフロイトへの言及である「回想」（『新潮』大正十五年五月）や「警笛（サイレン）」（『報知新聞』大正十五年十一月五日〜昭和三年三月十一日）、「言葉」（『若草』昭和二年四月）、「文芸時評（芥川龍之介を哭す）」（『中央公論』昭和二年九月）、「是亦生涯」（『改造』昭和二年九月）でも繰り返される。

佐藤のヒステリー療法の知識は、フロイト初期の代表的なヒステリー論『ヒステリー研究』（ブロイアー（Breuer, J.）との共著、一八九五年）[2]によるものといえる。『ヒステリー研究』は、「ヒステリー者は主に回想に苦しんでいる」（ブロイアー、フロイト「ヒステリー諸現象の心的機制について——暫定報告」）として、「心的外傷」とその抑圧をヒステリーの原因としている。

ヒステリーの治療法としては、「誘因となる出来事の想起を完全に明晰な形で呼び覚まし、それに伴う情動をも呼び起こすことに成功するならば、そして、患者がその出来事をできる限り詳細に語りその情動に言葉を与えたならば、個々のヒステリー症状は直ちに消滅し、二度と回帰することはなかったのである」（同）として、これを「カタルシス法」と名づけている。

しかし、佐藤は『ヒステリー研究』の症例や理論的考察について詳述しておらず、直接読んでいない可能性は高い。佐藤は、医学博士である弟の秋雄からフロイトや精神病学の知識を仕入れたという（山本健吉「解説」志賀直哉ほか監修『佐藤春夫全集第三巻』昭和四十一年十月）。

また、佐藤はヒステリーの原因と治療法として、「詩」、「懺悔」といった例を挙げているが、『ヒステリー研究』にも「詩」と「懺悔」の類似した例がある。

彼女の物語はいつも悲しく、非常に美しい部分もあった。アンデルセンの『絵のない絵本』風であって、実際にも多分これを手本として作られたのであろう。（中略）完全に語り終えてしばらくたち目を覚ますと、彼女は明らかに落ち着いており、その状態を「ひもちいい」（気持ちいい）と表現していた。（ブロイアー「観察一　アンナ・O嬢」）

我々は、ミダス王の床屋の説話（論者注：「王様の耳はロバの耳」のこと）において、話してしまいたいという衝迫が滑稽な形で誇張されて語られているのを見出す。床屋は自分の知った秘密を葦の中へと叫ぶのである。我々は、この衝迫が、カトリックの秘密懺悔という偉大な歴史的制度の土台の一つとしてあることを見出す。話すということは、司祭が相手ではなくても、あるいはそれによって罪の赦しがもたらされぬ場合であっても、当人の気持ちを軽くさせ、緊張を放出させる。ある興奮が逃げ道を塞がれてしまった場合、その興奮はときに身体現象へと転換される。（ブロイアー「理論的部分」）

佐藤のいう「詩」と『ヒステリー研究』の「物語」は、表現は異なるものの、佐藤はこの二つをヒステリーの治療法と同様にとらえ、興奮を放出することがヒステリーの治療法（「カタルシス法」）であり、興奮を抑え込むと「身体現象へと転換され」、ヒステリーになると考えている。また、佐藤は『ヒステリー研究』と同じく、ヒステリー療法を懺悔ととらえている。「更生記」も、辰子の罪は子殺しを告白することで回復へと向かう。作品の題名「更生記」とは、懺悔による更生を意味するのではないだろうか。「更生記」の最後に、辰子は子殺しの罪を告白し、悔い改めることで「更生」するのである。

佐藤は『ヒステリー研究』にある「カタルシス法」を、「思ふこと言はぬは腹ふくるる」として理解し、懺悔ととらえていた。それは、辰子が子殺しの罪を告白することで「更生」するという結末につながっていると思われる。

三、「更生記」におけるクレペリン『精神医学』

「更生記」の作中人物の病名は、辰子が「ヒステリー」で、浜地は猪股の推測では「早発性痴呆」だったが、精神病院では「パラフレニイ」となっている。辰子の夫は、浜地と同じ精神病院にいるが、病名について言及はない。

クレペリン『精神医学』第八版（初版一八八三年、早発性痴呆とパラフレニーに分類したのが第八版、一九〇九〜一九一五年）[3]は、精神障害を分類し、その症状を記述している。その中にヒステリーの項目も含まれている。また、精神病を内因性鈍化と躁うつ病に分類し、さらに内因性鈍化を早発性痴呆とパラフレニーに分類している。これに対して、フロイトのヒステリー論は、分類ではなくヒステリーの原因と治療法を論じている点で異なる。

「更生記」は、浜地の病名を「早発性痴呆」または「パラフレニイ」としていることから、クレペリン『精神医学』による分類の影響を受けているといえる。そこで、クレペリン『精神医学』のヒステリー症状の記述を「更生記」のヒステリー症状の表現と比較したい。「更生記」冒頭には、辰子が終電後の線路で自殺を図ろうとする場面がある。クレペリンは、自殺企図について、

ヒステリー患者の自殺企図は、原動力になる情緒動揺が激しい表われ方にもかかわらずごく表面的なものに過ぎないためや、または患者たちが一般に、何らかの行為を自分で本気でやる意図を持たず、外的な効果目あてのつもりでしかないために、不適切な手段で実行力を伴わずになされることが多いので、目的を達するのは比較的稀である。(「自殺企図」)

と、自殺が未遂に終わることが多いとしている。辰子もまた、終電後の線路という、自殺が不可能な状況にいる点で共通する。

大場に自殺を止められた辰子は、大場の家で赤ん坊の泣き声を聞く。

そのうちに彼女はふと聞き耳を立てて、

「どこか、御近所に赤ちゃんがゐらつしやいますね」

私たちは赤ん坊の泣き声がしたやうな気はしなかつたのです。幻聴でせう。私は気味が悪くなつたのです。さう思つてみる所為か、彼女は目つきもどうやら変なのです。（「学生大場の話」）

クレペリンは、「妄覚」として「患者たちは死んだ身内のものの姿」（「妄覚」）などを見るとする。辰子は、夫が殺してしまった子供の声を聞いたと思われる。

辰子の感情の変化について「更生記」は、「彼女はふとした拍子に、へんになまめかしい媚びるやうな眼差で彼を見たり、さうかと思ふと冷淡なまた厳格な様子に変つたり、表情のその顕著な変化がこの若い学生には不思議に印象された」（「予言者の事」）とある。クレペリンは、「情緒の制御が乏しく、急激な感情の動揺を和らげ調整できない当然の結果として、だしぬけの感情の変化が頻繁に生じる」（「情緒興奮性」）としている。

辰子の「嗜眠状態」（「助教授の指図」）について、クレペリンには「長びいた失神の一種としては、睡眠様の意識混濁がかかわる「傾眠」発作がある」（「失神・傾眠発作」）とある。

辰子の「まるで小供のやうに可愛いのや無心で画を描き耽つてゐるところなどは、彼女の性格ではなくて寧ろヒステリーそのものの性格なのだからね。所謂、精神上の幼児型と呼ばれてゐる奴さ」（「一週間の後」）について、クレペリンには「幼稚症」として「患者たちの態度はしばしば、やんちゃな思慮のない子供のそれを思わせる」（「児戯的発作」）とある。

また、「更生記」の「辰子は仮面のやうな硬い顔をふりむけた。しかし、それは視野狭少を呈したその瞳のためであつて」（「夕方の雲」）は、クレペリンの「ずっと頻度が高く、したがって実地上きわめて意義を有する視覚領域の障害は求心性視野狭窄で、特に半側性感覚脱失や光覚と色覚の全般的低下と結びついていることが多い」（「視覚」）がある。

辰子は、「何か話かけるとわざととんちんかんの返事をした。当意即妙症と名づける現象であらう」（「第二回の発作」）とあるのは、クレペリンは「的はずれ応答」として「患者たちは一見、ゆっくり思案せず話すかまたは少し考えたあとで、「問いの筋道」にはおそらく乗っている陳述なのだが適切でない答えをする」（「ガンゼルの朦朧状態」）という。

このように、「更生記」での辰子のヒステリー症状には、クレペリン『精神医学』と類似する点が多く、影響が窺われる。

また「更生記」には、クレペリンだけでなくフロイトの影響も窺われる症状の記述もある。

辰子はこれもやはりヒステリイの一症状であるが、近頃身体のところどころが痛いと言ひ出したのである。

「乳房が痛いらしいのです」大場が言つた。

「しかし彼女は、乳房とはいはないで、手で乳房をおさへて『ここのところが痛い』と訴へるのです。何度聞いても同じ様に答へて決して乳房とは言ひません――不思議な気がする程です。『乳房ですか』と問うても『ここです』と答へるのです」

(中略)猪股は先づ左の乳房を圧してみた。それから右の乳房をも圧してみた。

「両方とも痛いでせう」

辰子は枕をした頭でうなづいた。

「あなたは気がつかないでせうが、まだこのあたりも痛い筈です」

猪股が卵巣部を圧すと、驚いた瞳を輝かした。

「――どうですか。痛みませんか」

「痛みます」(「夕方の雲」)

辰子は、痛む箇所を「乳房」とは言わず「ここ」としか言わない。それは、辰子が乳房で子供を殺したという偽装を行ったことで、乳房がフロイトのいうヒステリーの原因である「心的外傷」となっているためである。佐藤は「心的外傷」という語を使っていないが、それを乳房痛で表現しているのである。乳房痛についてクレペリンは、

圧痛点は特に乳房下縁や上腹部や腸骨部を深く圧した時に見られ、一側性のこともしばしばあり、左側の方が多い。最後に挙げた部位の過敏性はシャルコーが卵巣と関連づけたのでオヴァリー（卵巣痛）とも呼ばれるが、卵巣の位置とは一致しないし、男性でも十分同様の頻度で圧痛を呈することが証明されている。（「圧痛部位」）

としている。乳房痛はクレペリンの指摘するヒステリーの症状であるが、その原因までは説明していない。つまり、辰子の乳房痛の症状は、乳房による子殺しという心的外傷をヒステリーの原因とするフロイトの理論と、クレペリンの指摘するヒステリー症状（結果）を組み合わせているのである。

四、クレペリン『精神医学』の典拠

「更生記」には「後で精神病学の教科書を出して、ヒステリーのところと早発性痴呆の条と

をよく調べて、患者を観察して置いてくれたまへ」(「助教授の指図」)、「君も教科書を見たら無論気がついてゐるだらうが」(「一週間の後」)と繰り返し「教科書」が作中に出てくる。これは、佐藤が当時の精神病学の教科書を念頭に置いていることの表れと思われる。

日本で最初にクレペリンを紹介したのは、石田昇『新撰精神病学』(南江堂、明治三十九年十月)である(高橋智「戦前の精神病学における「精神薄弱」概念の理論史研究」『特殊教育学研究』平成九年六月)。その後、クレペリン『精神医学』は日本の精神病学の主流となった。しかし、石田昇『新撰精神病学』はヒステリーについて多く触れていない。

その二年後に出版された三宅鉱一、松本高三郎『精神病診断及治療学』(南江堂、明治四十一年三月)は、増訂三版(上下巻、南江堂書店、大正二年十二月、大正三年十一月)から、クレペリンに基づいたと思われるヒステリーの症状の記述があり、「栄養障礙として毛髪の色変化し突然灰白色となり又は脱毛することあり」(「ヒステリー性或は臓躁性精神病」)としている。これは、「更生記」の「猪股さへ、ヒステリー患者の毛髪が急劇に白化したといふ研究報告を読んだことはあつたが、それをまのあたりに見るのはこれがはじめてであつた」(「第二回の発作」)と共通するが、ヒステリー者が白髪になるという症状は、クレペリン『精神医学』には見られない。

下田光造、杉田直樹『最新精神病学』増訂四版（克誠堂書店、昭和三年七月、初版は大正十一年三月）にも白髪についての言及はないが、ヒステリー弓については、

殊にひすてりいに特有なるは往々頭を反らせ後頭と足とにて身を支へ全身を弓状に張り曲げて仰臥し、恰も橋の如き様をなすことあり（中略）転輾するも他物に衝撃して負傷する如きことなく、又身装を著しく取り乱すこともなく（中略）或る人はひすてりい性痙攣にては手を握るに拇指を外にして物を摑むやうにし、癲癇性痙攣にては拇指を内に折り込みて拳を作るを以て、之を以ても容易に鑑別し得べしと云へり（傍線論者。以下同様）（「ひすてりい」）

としており、この傍線部が「更生記」でのヒステリー弓の表現と類似している。

「よく見たまへ。あれが所謂ヒステリー弓だ。心配はいらないよ。それに僕はもうわざわざ骨を折つて診察するまでもないわけだ。よく見なさい。頭を反らして後頭部と足とで全身を支へて、全身が弓状に張り切つて曲つてゐる。あんな形はしてゐるが着物の裾など

は注意をしてさうはしたない様子はしてゐない。癲癇やなどと違つてちやんと意識して倒れたのだからね。それからあの手だ。握つてゐるだらう。拇指を外側にして普通に物を攫む時と同じだらう。癲癇性の痙攣なら拇指を掌の内へ握り込むものだと言はれてゐるよ。——これは典型的なヒステリー性痙攣発作だよ」（「助教授の指図」）

これを、クレペリン『精神医学』のヒステリー性痙攣発作とヒステリー弓についての説明と比較してみる。

患者たちは（中略）ついには足の裏と後頭部で床に触れているだけで（後弓反張）、とんぼ返りを打つようなかっこうになる。（中略）更に注目に値するのは、患者たちの運動表出がしばしば異常に激しいにもかかわらず、重大な傷をこうむることは非常に稀にしかないことである。このようなことや類似の知見から、ヒステリー発作中意識はただしばしば混濁するだけで失われはせず、その清明度にはおそらく様々な動揺があるのだという結論が引き出される。（「痙攣発作」）

「更生記」と『最新精神病学』にあってクレペリン『精神医学』にないのは、ヒステリー性痙攣発作が「拇指を外側にして普通に物を摑む時と同じ」ように手を握るという点である。このクレペリンにない知識を、佐藤は『最新精神病学』によって得た可能性がある。

また、「嗜眠状態」について、『最新精神病学』では、「嗜眠発作中比較的意識清明にして、克く環境を領知し、聴覚過敏あり、或は独語し又は動作する病型あり。之を意識性嗜眠と名く」（「ひすてりい」）とある。この傍線部は「更生記」の「嗜眠状態に陥つたらしい。尤もこの種の患者では眠りながら意識が比較的明瞭で、聴覚過敏な特別の病型があるものだ。しかし、この患者は普通の嗜眠状態らしい。僕の足音に対して何の反応も表さなかつたからね」（「助教授の指図」）と類似している。

さらに、ヒステリーの薬物療法においても類似点がある。『最新精神病学』では、

ひすてりいの薬剤療法亦重要なり。其の興奮時には臭素剤、纈草剤、阿片剤等を配合して用ヰて鎮静せしめ（中略）痙攣発作の際にはすこぽらみんの皮下注射により之を鎮圧せしむることを得べし（中略）又発作中圧痛点（多くは卵巣部）を強圧して強き刺激を与ふるときは反射的に一時発作を止むることありと雖も、圧痛を去る時は再び発作起るものな

れば、之を以て発作を中絶せしむる方法とはなすべからず（「ひすてりい」）

とある。「更生記」では、

辰子はたうとう全身痙攣の発作を現はしてしまつたのだ。（中略）彼（論者注：大場）は教科書の教へるとほりに、先づ卵巣部を強圧して強い刺激を与へて発作を一時反射的にでも阻止してみようと試みたけれども、無効であつた。（中略）それでもスコポラチンの皮下注射が奏功して、かれこれ二時間ばかりの後には蒼ざめ切つた辰子を人力車に乗せて帰るだけの事は出来た。（中略）かうして二三日を経てゐるうちに辰子の症状は一層悪くなつた。新しく与へられた臭素剤纈草剤、阿片剤等を配合した鎮静剤は無論の事、今までは寧ろ楽みにして飲んでゐた強壮剤をも拒否して一切飲まなくなつた（「第二回の発作」）[4]

と、双方の傍線部が共通している。このように、類似点が多いことから、佐藤がクレペリン『精神医学』の知識を得た典拠として、下田光造、杉田直樹『最新精神病学』を参照している可能性が高いといえる。

五、「更生記」における遺伝因論と性病因論

「更生記」は、精神分析を題材とすることで、女性性の問題も作品の中に表現している。「更生記」では、最後に辰子がヒステリーの原因となった体験について告白する。それは、辰子が兄の勧めで不本意な結婚をし、出産した子供を夫に浜地の子と疑われ、意図せずに夫は子を殺してしまうという事件である。

佐藤は、当時の妻である小田中多美子のヒステリーをきっかけに精神病理に関心をもった。これは、佐藤家の家事を手伝っていた多美子の従妹が、多美子の嫉妬を買い、夫婦間の不和を招いたのが原因という（山本健吉「解説」志賀直哉ほか監修『佐藤春夫全集第三巻』昭和四十一年十月）。佐藤と多美子は、大正十三年に結婚している。佐藤にとって三度目の結婚だったが、昭和五年六月に二人は別れている。一ヵ月後の昭和五年八月に、佐藤は谷崎潤一郎夫人の千代子と結婚する。これは、「夫人譲渡事件」として知られているが、そのきっかけは、多美子が谷崎に佐藤のことを相談したことである。

僕が多美子に失望して自暴自棄に陥り、多美子にも非常な心配をかけた折であつたが、

多美子はちやうど谷崎が京阪から上京してゐることを知つて、僕に谷崎を会はせるやうに計らつた。六年間打絶えてゐた友情は何の不自然もなく、すぐそのままつながつた。谷崎と僕の友情を復活させた仲介者は実に多美子だつた。（中略）多美子は僕にお千代を会はせることについては多少の不安を感じ、しかしそれを言明することが出来ないのでヒステリカルになつてゐたやうに思ひ合される。（「僕らの結婚」『紀伊新報』昭和五年九月十九日〜十月三日）

佐藤と多美子、谷崎と千代子の四人からなる複雑な夫婦関係が、多美子のヒステリーを刺激し、佐藤にヒステリーへの関心をもつきっかけとなったともいえる。

他の作家にも、妻とヒステリーの関係はみられる。森鷗外は、ヒステリーであった妻しげに小説の執筆をすすめている。中野重治「しげ女の文体」（『文芸』昭和二十年二月）によれば、「小説を書かせてみようとした鷗外の意図は、むしろしげ女にある種のはけ口を与えることにあったともみられる。鷗外のしたことは、ある種の医者がある種の患者にたいしてしたことであった」という。また、鷗外は妻のヒステリーをもとに「半日」（『スバル』明治四十二年三月）を書いている。このように、ヒステリーは作家にとって創作の動機となる病であった。

夫婦関係の問題をヒステリーの原因とする小説には、夏目漱石「道草」(『東京朝日新聞』大正四年六月三日〜大正四年九月十四日）や、有島武郎『或る女』(前・後編、叢文閣、大正八年三月、六月）がある。これらは、「更生記」発表以前にヒステリーを題材としている。「道草」では、健三の妻に自殺企図や夢中遊行、ヒステリー弓などのヒステリー症状がみられ、「細君の病気は二人の仲を和らげる方法として、健三に必要であった」(七十八）と、夫婦関係の中でヒステリーのあり方を表現している。

『或る女』は、子宮底穿孔という身体的な原因とともに、婚約者を裏切り、不倫相手の男との関係が険悪になった結果、ヒステリーも悪化するという性的な原因が併存している。『或る女』は、「更生記」と同じく、姦通によって罪悪感が生じ、ヒステリーとなる。どちらの小説も、ヒステリーは姦通の罪を表す病となっている。しかし、『或る女』は子宮底穿孔によって死を迎えるのに対し、「更生記」は最後に告白という「懺悔」をすることでヒステリーから回復する。

有島は、ハブロック・エリス（Havelock Ellis, H.）の『性心理学の研究』(“Studies in the Psychology of Sex” 一八九七年〜一九一〇年）を読み、「多くの知識と示唆を与えられた。性生活における女性の心理や、ヒステリーと性本能との間の関係など、いくつかの事実を学んだ。これはうまく扱えば稀に見る文学作品に仕上がるだろう。『或る女のグリンプス』（論者注：『或る女』の元となった作品）を書き変えるのに有用な点が数々得られた」（「観想録第十五巻」大正五年三月二十八日」。引用は『有島武郎全集第十二巻』筑摩書房、平成十四年八月に拠る）という。また、有島は『或る女』を「女の運命の悲劇」とする。

「或女」で私が読者に感銘して欲しいと思つたものは、現代に於ける女の運命の悲劇的な淋しさといふ事でした。女は男の奴隷です。彼女は男に拠る事なしには生存の権利を奪はれてゐます。其結果（或る思想家がいみじく言ひあてたやうに）その無一文の境地から唯一つ男を籠絡すべき兇器（戦慄すべき兇器――性欲的誘惑――自然の法に背いた機能の逆用）を用ゐる事を強ひられました。（浦上后三郎宛書簡、大正八年十月八日。引用は『有島武郎全集第十四巻』筑摩書房、平成十四年七月に拠る）

「更生記」も、当時の人気作家であった島田清次郎と、元海軍少将の令嬢舟木芳江のスキャンダルをモデルにして、「女の運命の悲劇」を表現した。

「道草」と『或る女』は、ヒステリーを人間による関係性の病ととらえ、現にある関係の困難をそのままヒステリーとして表現している。しかし、当時の精神医学はヒステリーの原因を遺伝としていた。[5] 石田昇『新撰精神病学』（明治三十九年十月）は、「七〇－八〇％迄は遺累なり、その中男子は三〇％を占む」とし、三宅鉱一、松本高三郎『精神病診断及治療学』（上・下巻、増訂三版、南江堂書店、大正二年十二月、大正三年十一月）は、「ひすてりーは主として遺伝に因るものなり」、杉江董『ヒステリーの研究と其療法』（島田文盛館、大正四年七月）も、「ヒステリーは、固と各人精神が持つて居る、先天的の特質が基礎となつて、現れてくる病気である、そして其特質は、祖先から遺伝して来るのが最も多い（中略）フイロド氏（原文のママ）は、ヒステリーの原因を、主として色情関係に置いた（中略）手淫及荒淫によつて、ヒステリーが起ると云ふことは信ぜられない」として、フロイトの説を否定する。

これら精神病学者の見解に対し、フロイトの性病因論は、ヒステリーの原因を幼児期の性体験や、父－母－子のエディプスコンプレクスに求める。中村古峡による大正期の雑誌『変態心理』は、当時の精神病学を批判し、精神分析や森田療法、催眠などの精神療法を紹介した。久保良英『精神分析法』（心理学研究会出版部、大正六年十一月）、榊保三郎『性欲研究と精神分析学』（実業之日本社、大正八年三月）、厨川白村『苦悶の象徴』（改造社、大正十三年三月。初出は『改造』大正十年一月）もそれぞれフロイトを紹介することで、性病因論を間接的に支持している。これは、精神分析が主に文学者や心理学者によって受容されたことによるだろう。大正期に見られるヒステリーの病因論は、ドイツ精神医学の遺伝因論とフロイトの性病因論の対立がそのまま反映されている。

漱石と有島は、ヒステリーを文学として表現するために、意識的にではないが、精神医学の遺伝因論ではなく、フロイトの性病因論の立場で性関係を小説化したといえる。だが、この二人の作家と異なり、佐藤は対立する遺伝因論と性病因論のどちらも組み合わせている。「更生記」は、フロイトのヒステリー療法にのっとって、ヒステリーの原因と秘密の告白による治療の過程を精神分析の枠組みの中で描き、過去の性関係の回想を行っている。そのため、かつての恋人も夫もすでに精神病者になってしまっており、夫婦関係の困難は過去の出来事となってしまっている。それが、「道草」や『或る女』との違いであろう。その代わりに、「更生記」は精神病学者が登場し、精神医学の知見をもちこむことでヒステリー者の症状の細密で客観的な描写を可能にした。それは、医者であった弟の秋雄から精神病学やフロイトの精神分析の知識を得たことで、文学者と精神科医という兄弟の二つの立場を融合した作品だからではないだろうか。

六、まとめ

佐藤春夫「更生記」のヒステリー療法は、ブロイアー、フロイト『ヒステリー研究』がもとになっているが、ヒステリー症状の記述は、クレペリン『精神医学』にあるヒステリー症状の分類と記述に一致する点が多く、影響が窺われる。佐藤はこのフロイトとクレペリンの理論を組み合わせ、クレペリンの指摘した乳房痛の症状をフロイトのいう心的外傷を原因とした。また、佐藤はヒステリー症状を表現するにあたり、下田光造、杉田直樹『最新精神病学』を参照している可能性が高い。ヒステリーには、精神医学における遺伝因論とフロイトの性病因論の対立があるが、「更生記」は性病因論の立場をとりながら、症状の記述においては精神医学の知識を参照するという、二つの立場を融合した小説となっている。

第五章　中上健次におけるフロイトとベイトソン

――『魔女ランダ考』の受容をめぐって――

一、中上健次の物語論とフロイト

中上健次は、エッセイや対談、講演などでフロイトに言及しているが、その多くは物語について論じた箇所である。本章は、この中上の物語論におけるフロイトへの言及を踏まえた上で、フロイト批判に転じた中上が、新たな物語論の枠組みとしてベイトソンに依拠したことを指摘し、その直接の典拠や中上文学への影響を明らかにしたい。

中上は、新宮市での連続公開講座「開かれた豊かな文学」（柄谷行人ほか編『中上健次と熊野』所収、太田出版、平成十二年六月）の第四回「みなし児・私生児」（昭和五十三年五月開催）で、王が子供を捨てる『オイディプス王』を「みなし児・私生児」のテーマに沿った物語とした。続く第七回「王子の犯した罪」（昭和五十三年八月開催）では、

フロイトという精神分析学を学問として打ち立てた人は、この父殺し、母犯しっていうそれを、性衝動というものと結びつけまして、オイディプス・コンプレックスという形にして出してきたわけなんです。僕はそれと同じような形が、物語の中で定型として出せるんじゃないかと思うんです。つまり、物語の主人公が、本当の物語の主人公として登場し

てきた時には、親殺し、親犯しという二つの原罪というものを持って出てくるってことなんですよ。（「王子の犯した罪」）

と述べている。中上は、『オイディプス王』にみられる「みなし児・私生児」とフロイトのエディプスコンプレクスとを結びつけ、「物語の定型」としているのである。

この連続公開講座の内容は、中上の代表的な物語論である「物語の系譜」（『国文学』昭和五十四年二月〜昭和六十年六月）へと発展する。ここで中上は、「折口における貴種流離譚と同様、柳田国男に「流され王」という定型の発見がある」（「物語の系譜　折口信夫」昭和五十八年九月掲載分）として、「貴種流離譚」と「流され王」を「みなし児・私生児」やエディプスコンプレクスと同じ「物語の定型」とする。この「貴種流離譚」「流され王」とエディプスコンプレクスの違いについて、中上は東京堂書店での連続講座「現代小説の方法」（高澤秀次編『現代小説の方法』所収、作品社、平成十九年二月）の第二回「主人公について」（昭和五十九年五月開催）で次のように説明している。

日本ですと、『万葉集』に出てくる有間皇子とか、いろんな人間が、ある貴種が殺されてしまう、流されてしまう。それを柳田国男がどう言うかというと、「流され王」、折口信夫は「貴種流離譚」という、そういうものを書いたんです。見つけたんです。（中略）オイディプスの物語を柳田、折口ふうに考えていくと、小さい者が流されていく。そしてこれが戻ってきてすごい力で悪なら悪になる、とそういうことが抜けている。フロイトの方においては、小さい者が流されていくというのが、全部伏せられている。そういうことが日本とユダヤ的なものの考え方の違うところだと思うんです。

同じく「物語の定型」ではあっても、フロイトのエディプスコンプレクスが『オイディプス王』の「父殺し」と「近親相姦」を重視するのに対して、「貴種流離譚」と「流され王」は「小さい者が流されていく」ことを重視する。この違いを中上は、「日本とユダヤ的なものの考え方」の違いとする。この主張は「無意識の祖型」（『読売新聞』昭和五十九年六月二十日夕刊）でも繰り返されている。

このように、昭和五十三年八月以降、フロイトのエディプスコンプレクスを、『オイディプス王』にみられる「みなし児・私生児」や折口信夫「貴種流離譚」、柳田国男「流され王」と同じ「物語の定型」としていた中上だが、およそ半年後のエッセイ「南の記憶Ⅱ」（『すばる』

昭和五十九年十一月）では、「母と子の身体の遊戯は、それがまず（1）母系社会で起っている事、（2）父が不在である事、の二点で、すぐれて、近代、横行する愚鈍なComplex理論を越える契機を提供する」と、次節で詳論するようにフロイトのエディプスコンプレクスを批判的にとらえるようになるのである。(1)

二、「母と子の身体の遊戯」とエディプスコンプレクス

中上は、「南の記憶Ⅱ」で次のようにいう。

バリ島の母親は乳房をかくす。じれる子がさらにじれるのを待って与え、また、かくす。バリ島の母親が子の男性器をなぶる。ひっぱる。母と子の身体の戯れは、子に性の目覚めが起こる年齢まで続く。

母と子の身体の遊戯は、それがまず（1）母系社会で起っている事、（2）父が不在である事、の二点で、すぐれて、近代、横行する愚鈍なComplex理論を越える契機を提供する。

（中略）母と子の身体の遊戯は、フロイトの言う口唇性欲期いっぱいかけて、子供の諸器

官が開発しきるまで続けられる。唇は肌の体温を知り、指は形を知り、尻も性器もそれ自体で宇宙そのもののような母に直につながり、母の関心を引き出す器官だ。母の関心、それは呼びかける声や困惑した表情となって、身体の戯れにある子に刷り込まれる。

その古代の母子に禁止はない。制度として禁止を持ち込むのは、父でも、あるいはパパでもない、むしろ、或る日突然変節した母によってだった。母は子供の器官に関心を持たず、突き放す。子供の深層に禁止が刻まれ、禁忌(タブー)が登場するのは、この時からである。母殺しの一瞬、と呼んでよいし、母を殺す子としての、母からの決定的な非難をあびる身という〝道徳〟が発生する瞬間である。(「南の記憶Ⅱ」。傍線論者、以下同じ)

中上はバリ島の母子関係に、「母と子の身体の遊戯」と、母による子への禁止である「母殺し」とを見ている。これらは「母系社会」でのこととされ、「父が不在である」。「Complex 理論」が父・母・子の三者関係であるのに対し、母子の二者関係に基づくがゆえに「Complex 理論を越える」としたのであろう。もう少し具体的に考えてみよう。中上は、「南の記憶Ⅱ」でエディプスコンプレクスを『オイディプス王』に、バリ島の母子関係を『ラーマヤーナ』(2)にそれぞれ置き換えているが、直前の「南の記憶Ⅰ」(『すばる』昭和五十九年十月)で、既にこの二つの物語の構造を比較していた。

物語の筋の違いはあっても、『ラーマヤーナ』と『オイディプス王』の双方ともに、王となるべき人の不運が、王権からの忌避、追放で開始されるという点で共通している。ここでは物語の主人公の必須条件の私生児、みなし児は、王たる父によって流竄の身にされるという神話的原型を示しているのであるが、先の**物語そのものの生理としてのダブルバインド**を使えば、ラーマ王子もオイディプスも、大団円あるいは破局まで、無意識の森をさまよう状態なのである。

（中略）バリ島に着いたその夜から、まるで夜の闇に浮かぶバリの悪霊に憑かれたように考えたのは、このような南方的想像力の産物としか呼びようのないラーマ王子の物語だった。ギリシャの悲劇にあって、バリの『ラーマヤーナ』にないもの、つまり破局（カタストロフィ）不在の物語についてだった。（太字は原文のママ）

『オイディプス王』の場合は「みなし児」で、『ラーマヤーナ』では「継子」だが、中上はそのいずれもが「物語の定型」に沿っているとする。二つの物語はどちらも、そうした「王となるべき人」が「追放」されるという共通性を持つ。「ダブルバインド」とはベイトソンの用語だが、(3) ここでは物語の展開が「前進と遅延」(「南の記憶Ⅰ」)とを繰り返しながら進むことを意味している。『オイディプス王』には物語の最後に「破局」があるのに対して、『ラーマヤーナ』は「前進と遅延」を繰り返しながら進む「破局不在の物語」である、と両者の相違を指摘しているのである。

バリ島の母子関係において、「母と子の身体の遊戯」を「母殺し」が抑えつけるのだが、母への禁忌が刻まれても実際に母を殺すわけではないので、これを中上は「破局不在」ととらえたのであろう。バリ島の母子関係と『ラーマヤーナ』は、それが「破局不在」であるがゆえに、破局する『オイディプス王』とエディプスコンプレクスを「越える契機」となり得る、と中上は考えたのであろう。

三、ベイトソンと中村雄二郎『魔女ランダ考』

では、中上のこうした考え方は、何に由来するのだろうか。エディプスコンプレクスを「物語の定型」のひとつとしていた彼が、約半年後「愚鈍」との批判に転じるからには、その間に新たな知見があったはずである。

そこで、「南の記憶Ⅰ」の「ダブルバインド」に注目して調査した結果、前掲「南の記憶Ⅱ」と類似した箇所が、ベイトソン「バリ――定常型社会の価値体系」（一九四九年。のち『精神の生態学』所収）にあることがわかった。

1　バリの社会で例外的に見られる累積的相互作用のうち、もっとも重要だと思われるものが、大人（とくに親）と子供との間で起こる。その典型的なシークェンスを述べてみよう。まず母親が、子供のちんちんを引っぱるなどして、戯れの行為を仕掛ける。刺激された子供は、その反応を母親に向け、二人の間に短時間の累積的な相互作用が生起する。だが、そこで子供がクライマックスに向かって動きだし、母親の首に手を回したりなどすると、母親は自分の注意をサッと子供からそらしてしまう。この時点で子供は、別の累積的相互作用（感情の激発に向けて相互に苛立ちをつのらせていくタイプのもの）を仕掛けることが多いが、これに母親はのらず、見る側に回って子供の苛立ちを楽しみ、子供が攻撃してきたときも表情ひとつ変えずにサラリとこれをかわしてしまう。これは、子供がもっていこうとする種類の相互作用を母親が嫌悪していることのあらわれではあるが、同時にそれが、他人とそのような関わりをもっても報われないことを子供に教え込む、学習のコンテクストになっている点に注意したい。仮に人間が、累積的相互作用に走る傾向をもともと具えているとするなら、それを抑え込む学習がここでなされていくわけである。

（中略）

3　バリ島の音楽、演劇、その他の芸術形態の一般的特徴として、クライマックスの欠如ということが挙げられる。（訳文は『精神の生態学』（上）に拠る）

ここでベイトソンは、累積的相互作用を「バリの社会で例外的に見られる」としているが、しかし中上はそうは捉えず、エディプスコンプレクス同様、普遍的なものとしている。またベイトソンによれば、「累積的相互作用」には、母からの「戯れの行為」とそれに対する子の反応という関係の積み重ねと、それとは逆に、母が子への注意をそらし、子が苛立ちをつのらせる関係の積み重ねとがあるとするが、中上は前者を「母と子の身体の遊戯」、後者を「母殺し」としている。

しかし、ここで注意しておきたいのは、「南の記憶Ⅱ」が昭和五十九年十一月の発表であるのに、「バリ――定常型社会の価値体系」の邦訳が昭和六十一～六十二年発行だということである。英語の原書を読んだ（読んでもらった）可能性も排除できないとはいえ、少なくともこの邦訳を読んでベイトソンを知ったということはありえない。では、中上はどのような文献からベイトソンのいうバリ島の母子関係やダブルバインドの知識を取り込んだのだろうか。これらの言及は、管見によれば宮本輝との対談「物語の復権」（『文学界』昭和五十九年二月）が初見である。

　ダブルバインドというのは、つまり「路地」の外側の人間にとっては「路地」の者として働く。外側の世界というのはものを書く書き文字で歴史がつくられてきて、もののみごとに庶民なんてのは全部潰されているわけでしょ。例えば、英雄が一人死ぬのと、庶民が一万人死ぬのと、どっちが文字で書かれるかといえば、英雄が一人死ぬことが書かれるわけでしょう。それに対して「冗談じゃない。おれは路地からのもの言いだ」と言う。しかしそれを今度は書き文字でやらなくちゃいかんわけですよ。そのダブルバインド、二面性。ずっとそこへ至っていく。だからおれは全部、二面性になっている。（「自分らしさの二面性」）

ここでは、「南の記憶Ⅱ」と異なり、物語論やフロイトと関連なくベイトソンの「ダブルバインド」が用いられている。そうした言及は、これ以降たびたび繰り返されるのだが、「南の記憶Ⅱ」になって初めて、中上は前節で検討したように、ベイトソンのいうバリ島の母子関係に言及し、「Complex 理論を越える」というようになるのである。

「南の記憶Ⅱ」発表の昭和五十九年十一月以前のベイトソンの邦訳には、黄寅秀訳「ダブルバインド（上・下）」（『現代思想』昭和五十六年九月・十月。現在の邦題は「精神分裂症の理論化に向けて」）がある。これはベイトソンがダブルバインドについて論じた代表的な論文であるが、バリ島の母子関係についての言及は見られない。さらに、ベイトソンの著作にはフロイトからの大きな影響が窺われるにも関わらず、中上がフロイト批判を行っていることから見て、彼がベイトソンを直接読んだ上でフロイト批判を構想したとは考えにくい。

昭和五十九年は、「特集＝ベイトソン」（『現代思想』五月）や「いま、知の構造をゆさぶる精神のエコロジスト　ベイトソンの世界」（『朝日ジャーナル』八月三日）など、雑誌の特集が集中した年である。中上は、『朝日ジャーナル』に小説やエッセイをたびたび発表しており、このベイトソン特集にも目を通していた可能性が高い。また、浅田彰『ダブル・バインドを超えて』（南想社、昭和六十年十一月）も、浅田が昭和五十九年に行ったベイトソンについての鼎談と講演をまとめたものである。このような時代背景の中で中上も言及したのだったが、これを読んでもバリ島の母子関係についてはわずかな言及しかなく、中上に影響を与えたとは確言できない。

そこで、次のように中上が言及している中村雄二郎の『魔女ランダ考』（岩波書店、昭和五十八年六月）に注目してみたい。

> バリ島についてては中村雄二郎さんなんかが精密に論じているし、僕はそういう文化人類学者の著作に影響を受けているんですけれども、バリ島と日本に共通しているのは、母の文化圏であるということです。
>
> （中略）バリ島には、仮面劇とかいろんな芸能が残っていて、そのなかにバロンダンスというのがあるんです。ひとつの王家があって、王子がいて、王子が追放される、というようなどこにでもあるようなパターンなんですが、そこに魔女ランダというものが登場する。魔女ランダというのは、大母(グレート・マザー)です。乳房がこれみよがしに垂れ下っていて、目をひんむいている魔女。それが人間を金縛りにし、霊魂を吸い取る。そして魔女ランダは「悪」の方なんです。これに対し「善」の方は、バロンという、これはライオンみたいなやつなんです。そして魔女ランダとバロンが戦うんです。ずっと戦いつづけて、結局永遠に決着

がつかない。死んでもなお戦う。（「坂口安吾・南からの光」『文学界』昭和六十年十一月）

ここで中上が紹介している話は、『魔女ランダ考』の第Ⅰ章に拠っている。本書は、バリ島のバロン劇（バロンダンス）に登場する魔女ランダを中心に、バリ島の文化を哲学的、文化人類学的に論じたものである。バロン劇の筋の一部と登場人物たちは、『マハーバーラタ』からとられている。善なる怪獣バロンと自由自在に変身する魔女ランダが世界を二分して戦い続けるが、バロンとランダは力が互角なので、いつまでも決着がつかない、とされる（第Ⅰ章）。

注目すべきは、『魔女ランダ考』第Ⅲ章で、「南の記憶Ⅱ」の下敷きにされたベイトソンの「バリ――定常型社会の価値体系」（前掲）が、そのまま引用されていることである。中村は、ここで取り上げられているバリ島の母子関係に、独自に魔女ランダとバロンの対立関係と、ベイトソンのダブルバインド理論を重ね合わせ、この三つが母子関係の葛藤を表現したものである、としている。特に、「子供は人間として自立していくためには、親ばなれ、とくに母親ばなれをしなければならない。つまり〈象徴的母親殺し〉をしなければならない」（第Ⅲ章）とする点は見逃せない。[4]「象徴的母親殺し」は、中上のいう「母殺し」と重なる言い方である。第Ⅲ章のこの箇所は初出になく、単行本化の際に加筆されたものであることから、中上は単行本化された『魔女ランダ考』を読んだと推測される。

一方、フロイトについて中村は、「その理論の中心を男根(ファロス)——父のメタファとしての男根——に置いていた」（第Ⅳ章）、「すべての精神分析の問題が、〈男性〉への大きな偏りのもとに扱われたのであった」（第Ⅳ章）と、その男性原理への執着を批判し、母系社会を評価している。これは、フロイトから大きな影響を受けたベイトソンとも異なる論点であり、これを受けて中上は前述のようなフロイト批判を行ったものと推測される。

以上のように、中上はその物語論において、中村雄二郎『魔女ランダ考』を通してベイトソンを受容したと考えられるのである。

しかし、「Complex 理論を越える」として「南の記憶Ⅱ」に言及された中で、『ラーマヤーナ』は『魔女ランダ考』に出てこない。これを、中上はどこで知ったのだろうか。

谷川雁との対談「『無(プラズマ)の造型——60年代論草補遺』しおり」（谷川雁『無(プラズマ)の造型——60年代論草補遺』潮出版社、昭和五十九年九月）には、谷川の発言として、「『ラーマーヤナ』という一種の叙事詩的な世界は、インドを発祥地としてフィリピンまで含めた南海の世界の中に共通のものとして存在する。（中略）中上健次という作家が描こうとしているのは、そういうものがある世界であると同時に、そういう物語そのものをつくるということでね」（昭和五十九年六月六日）とある。これと前後するように、中上は昭和五十九年六月下旬にバリ島で「スパニッシュ・キャラバンを捜して」（『波』昭和五十八年八月〜昭和六十年十二月）の取材旅行[5]を行い、バロン劇などを見ている（高澤秀次「中上健次新年譜」『中上健次事典』恒文社、平成十四年八月）。両者が綯い交ぜになるこうした体験を経て、中上は、

谷川雁は私の紀州サガたる一連の作品が「ラーマヤーナ」と重なるかもしれないと、記憶をおおいかくす頭の中の皮質部分を焼くような事を言った。ほどなく私はバリ島に行った。ベイトソン、クリステェヴァ、中村雄二郎、私の頭は谷川雁に焼き切られた皮質部分から、自分が路地の中で母の子として育った事、苦しみ抜く「父」の問題は、たとえば魔女ランダ⟷バロンという対立構図にスライドさせれば、驚くほどの新しい展開を見せるのを発見した。（「アイヤとしての黒田喜夫」『黒田喜夫全詩』思潮社、昭和六十年四月）

と、自分の文学の新たな可能性を見出すに至ったのである。

四、『地の果て至上の時』「火まつり」における魔女ランダ

「母の子として育った事、苦しみ抜く「父」の問題」を、「魔女ランダ⟷バロンという対立構図にスライドさせ」ることで、「新しい展開を見せ」（「アイヤとしての黒田喜夫」）た、と自ら主張する作品が、『地の果て至上の時』（新潮社、昭和五十八年四月）と「火まつり」（昭和六十年五月～六十二年二月）であった。[6]

『地の果て至上の時』は、「岬」（『文学界』昭和五十年十月）、「枯木灘」（『文芸』昭和五十一年十月～五十二年三月）に続く秋幸三部作の最後の作品である。主人公の秋幸は、腹違いの妹と近親相姦をし（「岬」）、そのことを実父浜村龍造に報告するが、龍造は「どこにでもあることじゃ」と言って相手にしない（「枯木灘」）。秋幸は、龍造に対して父殺しの欲望をもつが、龍造は秋幸の目の前で縊死する（『地の果て至上の時』）。

「枯木灘」は『オイディプス王』を意識していたと中上は発言しており（高橋敏夫との対談「路地と神話的世界の光学」『図書新聞』昭和五十八年五月二十一日）、また右の要約からも窺われるように、この三部作では「父殺し」・近親相姦というエディプスコンプレクスを意識的に表現していたと考えられる。にもかかわらず、中上は「南の記憶Ⅱ」で、『地の果て至上の時』について「魔女ランダ⟷バロンという対立構図」（「アイヤとしての黒田喜夫」）を用いて次のように解説している。

アイヤ、(7)アンニャなる母系の男たち。それが父の不在の母系で決定的な役割を荷ってい
る。アニ、アイヤは、母との身体の戯れを終え、母との差異を確認した若者らである。母
の子供である状態から抜け出、子供らの男親にもなれる。アイヤは共同体の中で独得な位
置を占める。

このアニ、アイヤの延長上に浜村龍造があり、竹原秋幸が存在する。竹原秋幸には浜村
龍造は父ではない。もちろん、義父の竹原繁造も父ではない。〝南〟の記憶の濃密な熊野
で、もともとから父は存在しないのだ。ただオトコオヤだけが存在する。「枯木灘」も「地
の果て至上の時」も父の不在を自覚したアイヤらの物語だ。

「地の果て至上の時」の、オルフェスの冥界行のようにバスに乗り換えて下獄する秋幸
は、父の不在が、母系社会の愉楽を形づくり、そこから逸脱したとたん、母系社会が非倫
理的で、ただ破壊の相貌をしか持っていないのを目撃する。秋幸が眼にしたのは、アイヤ
としての浜村龍造であり、ニセの母を装う浜村龍造だ。(中略)

浜村龍造はまさにバリ島の母として、すでに母フサから充分すぎる刷り込みを受けた秋
幸に、身体の戯れを試みる。二人は山の中に入ってゆく。母を擬装する浜村龍造と、すで
にアニ、アイヤの身にもかかわらず子として擬装する秋幸。フサは何故、怒るのだろうか。

フサはさながら魔女ランダである。母を擬装した浜村龍造の術にかかる秋幸の無意識に対して、魔女ランダたるフサは、母系の長として怒っている。たまたま分かり易い例として「地の果て至上の時」を使っているだけで、他意はない。権力の誕生、あるいは「古事記」という神話がそうであるように、原初の国家誕生を描くのなら、秋幸はこの魔女ランダを殺さなければならない。逸脱した秋幸の真の敵は、母フサであるはずだ。

秋幸が犯したとされる近親姦も、浜村龍造への殺意も、単純な世の中にはびこった父ー母ー私、あるいは、パパーママーボクの、まことにキック力のない構造認識から出たもので、作者が、どのように深刻に秋幸を悩ませてみたところで、何の意味も持たない。秋幸の禁忌への抵触は、あるいは禁忌の出来る以前の始原への要求は、フサを殺し、姉を犯す事である。擬装した母を殺したとしても、カタルシスはない。秋幸はもうすでに気づいている。浜村龍造は擬装しつづけ、擬装の母として首をくくる。（「南の記憶Ⅱ」）

ここで中上は、『地の果て至上の時』の世界を父不在の母系社会としてとらえ、浜村龍造を擬装した母としている。バリ島の母子のように「身体の戯れ」を行う母子関係を、浜村龍造と秋幸の関係に当てはめ、「魔女ランダ⟷バロンという対立構図」をもってきているのである。

また、中上は、バロンについて「バロンの側からいうと、グレート・マザーとたえず対立して、戦っている。緊張関係にある。ということは、永遠の若さを維持して齢をとらないということですね。父になってしまわない」(「坂口安吾・南からの光」)としている。つまり、魔女ランダである母フサと、同じく擬装した母であり、魔女ランダを真似ている浜村龍造、この二人に対するバロンの秋幸という関係である。さらに、「イザナミノミコトは大母(グレートマザー)よろしく次々と神を産み、遂に火の神カグツチノカミを産んだ時、女陰を焼かれて死ぬ」(「南の記憶Ⅰ」)と、子が母を殺す文字通りの母殺しの例として「古事記」を挙げているように、中上は「秋幸はこの魔女ランダを殺さなければならない」とする。そのため、エディプスコンプレクスの構図であれば父となる浜村龍造を秋幸が殺したとしても、カタルシスはない、というのである。

しかしそもそも、昭和五十八年四月発行の『地の果て至上の時』は、同年六月発行の『魔女ランダ考』以前の作品であった。ということは、エディプスコンプレクスをモチーフとして一たん本作を完成させた中上が、後に『魔女ランダ考』を受容した結果、逆にエディプスコンプレクスを批判するために、「南の記憶Ⅱ」ではフサ・浜村龍造と秋幸との関係を「魔女ランダ⟷バロンという対立構図」へと読み替えたことになる。すなわち、作品の枠組み・意味づけを後になって転換させたのである。

中上が「魔女ランダ⟷バロンという対立構図」を描いたとするもう一つの作品が「火まつり」である。これは、昭和五十五年一月三十一日に三重県熊野市二木島町で起こった、白蠟病[8]の男が母を含む一族七人を殺害した事件に取材したもので、昭和五十八年三月にシナリオ執筆のため二木島周辺を取材旅行した（前掲「中上健次新年譜」）成果であった。つまり、「火まつり」もまた、『魔女ランダ考』刊行前から構想された作品なのである。

ここで「火まつり」の梗概を掲げてみよう。

若い頃から村一番のワルとして知られた達男は、二木島で山仕事をしている。過去に達男の女であったキミコは二木島に戻ってきて、スナックで働きはじめる。ある日、二木島の湾にあるイケスに重油がまかれ、養殖していたハマチが全滅する事件が起こる。村人たちは、達男とキミコの二人が犯人だと噂する。実際は、達男に従って山仕事をしている良太が犯人だった。良太は、達男に対する畏怖から、達男がイケスに重油をまいたように人々に思わせ、破滅させようとしたのである。再びイケスに重油がまかれる。今度は、達男が良太を脅し、重油をまくよう命じたからであった。達男の母は達男を犯人と疑い、問い詰める。達男は唐突に、母、妻、子や親族らを猟銃で殺害し、自殺する。

中上はまず、モデルとなった一族七人殺害事件について「桜川」(『群像』昭和五十五年七月)で言及し、「その事件は自分がいままで書いて来た小説の顕現化だとも思ったし、私小説で何度も書いた主人公の暴発が成就したものだという思いもつもった」(「桜川」)と感想を述べている。しかし、この事件そのものをモチーフとして作品化したのはシナリオ「火まつり」が最初であった。中上は、「僕は逆に、良太を発見したことによってあの世界を書けたんです。正直、このシナリオは長篇小説を書こうとした題材なんですけど、書けなかったんですよね」(「暴力と性、死とユートピア」山口昌男編『火まつり』リブロポート、昭和六十年五月)と語っている。

中上が良太を必要としたのは、達男を破滅させようと狙っている良太に、エディプスコンプレクスとしての「父殺し」を行わせるためだった、と考えられる。シナリオ「火まつり」で良太は、達男に猟銃を向け、「止まれ、撃つど」と脅し、代わりに撃ち殺した猿を達男に見立てて「アニ、アニ」と呼ぶ。ここでは、良太の達男に対する殺意はほのめかされる程度であるが、小説「火まつり」の良太は、「猿のように達男を狩ってやる」という言葉を繰り返しており、「父殺し」はより強調されている。

良太は達男のその態度から言外に良太の母親とも寝た、と言っていると取り、達男が並みの人間ではなく猿のように祭りの神饌の魚のように一つ間違うと斬り刻まれて食われても仕方のない男のように思えた。

良太は達男を切り刻んでやりたかった。猿を追いつめてワナに掛けて獲るように、達男をワナに掛けて捕え、筋肉の張った肩のあたりから肉を小刻みに取って最後は猿の肉がそうだったようにバラバラにする。（小説「火まつり」第二回）

むしろ母親が達男と出来ているかもしれないという気持ちがあった方が、ただ綺麗だが眠ったような退屈な二木島で面白い事もしているのだと思い始める。安堵する。もっと面白いのは達男を猿のように狩る事だ。良太は心の中でつぶやく。両親や六人の姉からかしずかれ溺愛され、女房や子供に囲まれ、女にまといつかれる男。全身が鋼のような筋肉におおわれ、海にいても山にいても傍若無人の振る舞いをし、人を怖れさす男。いつか猿のように狩ってやる。良太は熱い息を吐く。（小説「火まつり」第五回）

二つの引用に共通するのは、良太が達男と母親の関係を疑った後に達男への殺意が生じること、すなわちエディプスコンプレクスが見られることである。良太にとって、達男は想像上の父となっており、達男という「父殺し」を実行する「ワナ」として、イケスに重油をまくのである。

にもかかわらず、「南の記憶Ⅱ」で中上は次のように述べる。

熊野の二木島で一家七人を猟銃で殺害した男は、アイヤの破局の典型的姿のように、まるで意味の生産機械、つまり経済(エコノミー)の男根の象徴のような猟銃を、母や姉、子らに突きつけ、撃った。

その銃撃殺人・自死に至る過程は、虚構を使ってシナリオ「火まつり」に明らかにしたが、この映画を、変幻する幾種もの魔女ランダとアイヤとの際限ない闘いと取ってよいのである。

バリ島の或る種の劇が示すように、銃撃殺人・自死は、映画「火まつり」において、闘いの終りを示すのではなく、闘いが死という境界によって鮮明になり、死の彼方に越境したという事なのである。

このように、「火まつり」でも中上は、エディプスコンプレクスを批判するために、母と達男の関係を後になって「魔女ランダ⟷バロンという対立構図」に読み替えたと考えられる。ただし、この「南の記憶Ⅱ」での言及を踏まえて読んでも、本作で誰が魔女ランダで、誰がバロンなのかは判然としない。作品を素直に読む限り、そうした対立構図は読み取れず、むしろ小説版「火まつり」の方が、『魔女ランダ考』受容以後にもかかわらず、前述のように「父殺し」が強調されているように思われる。『魔女ランダ考』受容を契機としてフロイト批判に転じた中上は、ここでも作品内容を無視した強引な再解釈を行っているのである。シナリオ版と小説版は、それぞれ『魔女ランダ考』以前と以後に成立したにもかかわらず、いずれも実際にはその影響を受けていなかったのである。

五、「イクオ外伝」におけるダブルバインドと魔女ランダ

「魔女ランダ⟷バロンという対立構図」を初めて有機的に取り込んだ作品が、「奇蹟」（『朝日ジャーナル』昭和六十二年一月二日～六十三年十二月十六日）の「イクオ外伝」（昭和六十二年十一月二十日～六十三年四月八日）であった。

「イクオ外伝」は、中上の兄の自殺をモチーフとしている。中上の異父兄木下行平は、父木

下勝太郎の死後、母が八歳の健次を連れて中上家に入ったため、独立して妹たちと一緒に生活していたが、昭和三十四年三月三日に二十四歳で自殺する（「中上健次新年譜」）。中上にとってこの兄の自殺は謎であり、「一番はじめの出来事」（『文芸』昭和四十四年八月）、「眠りの日々」（原題「火祭りの日に」『文芸』昭和四十六年八月）といった初期短篇や、前掲の秋幸三部作など多くの作品でこれを扱っている。「南の記憶Ⅱ」では、

死ぬ直前あたり、兄は海から秘密の指令電波が届くと言っていたのを、今、思い出す。二十四歳のアイヤたる兄のその言葉を、当時もその後も私は、狂気による妄言と思っていた。海からの秘密指令電波は、複雑に込み入ったのから、単純なものまで幾種もあった。私が目撃した最後のものは、電波を受信するのを拒むように仏壇の前に座り、長い事、違う宗派の御題目を唱え、抗しきれないようにジャンパーの内側にかくした受信機に耳をつけた姿だった。裸の胸に直にジャンパーをはおったその中に、幻の受信機はある。

「よし、誰にも手、つけんな。俺が行く」

兄はそう言った。アイヤたる兄は海から強い命令を受けた。

その翌日の朝、三月三日に自死した事を併せ考えるなら、〝南〟の海から、海の意志に

背いて生きる母と弟、三人の妹を何らかの形で連れ戻せ、処罰しろという絶対の秘密指令だったのだと考える。

破局は母とその磁場に居る者ではなく、母から分離／拒絶されたにもかかわらず、母の磁場に引き寄せられたアイヤにおとずれる。

（中略）まことに魔女ランダの仮面は、アイヤの母であり、私の母の姿である。

（中略）アイヤの心の内に何度も母殺しの衝動はわいて出た。母はその度に幻術を使った。アイヤの持った斧が、決して自分の頭上に振り降される事はないと分かっているから、ありったけの言葉を並べ、まさにバリ島の女性演戯者のような声でさめざめと泣き、訴えかけた。

アイヤの心のひるみを衝くその訴えかける演戯は、アイヤがふっとひるんだ途端、母はアイヤの行為を演技に変えてしまい、さらに全面的な演技に展開させ、ついには叱責まで飛ぶ母の圧倒的勝利となって終るという事態に持ち込んだ。

物語『ラーマヤーナ』より、バリ島のダンスや劇のパーフォーミングが、私が子供の頃目撃した、〝南〟の記憶の強烈な親族の中で起った出来事に近い。アイヤたる兄の苦悩も、闘争も、自死も、事件というより演じられた劇だ、と言った方が、私の実感に近い。

と、「母殺しの衝動」をもつ兄と、演戯によって兄の心をひるませる母との関係を、「魔女ランダ⟷バロンという対立構図」によって考えている。

「イクオ外伝」も、そうした構図の下に執筆されていた。

中本のイクオは路地に住む二十四歳の若衆である。中本の一統には若死という宿命がある。イクオの男親カツイチロウが若死にし、弟のタイゾウも生まれてすぐに死んだ。母フサはイバラの留との間にアキユキを産み、イクオに黙って家を出て、アキユキだけを連れて竹原の一統の繁蔵と所帯を持った。イクオは独立して生活するが、ヒロポン中毒による幻聴に苦しみ、やがて家の畳を剥がし養鶏場にしてしまう。イクオは、母フサと異父弟アキユキの殺害を命じる「声」によって、フサとアキユキのいる家に鉄斧などを持って乗り込むが、その度にフサに説教されて失敗に終わる。最後にイクオは縊死する。

「南の記憶Ⅱ」で、兄が受信したとされる「秘密指令電波」は、「イクオ外伝」では「声」として現れる。

声は本性を顕し、イクオの親きょうだいを根絶やしにすると言い、それが避けたいなら女親のフサを殺せと命じる。時に弟のアキユキを殺せと命じる事もある。

声がそう命じるのは、憎いと思いながら心の反対側に女親が愛しい、弟が愛しいと思う気持ちもあるのを見抜いての事だと分かるが、声に憎い愛しいという二心を手玉に取られ嬲られ一人呻き、イクオは思わず「誰なよ？」と訊く。女親のフサの行状に慨嘆している様子から男親のカツイチロウかと訊いた事もあるし、仏なのか鬼なのか？　とも訊いたが、声は笑うだけで答えなかった。（「イクオ外伝16」）

ジャック・レヴィ「妙な悲しみ―中上健次の「奇蹟」における語りの境界線」（『文芸研究』平成二十年三月）は、この引用の第二段落目をもとに、「声」が「二重拘束」（ダブルバインド）を強いると指摘している。首肯すべき見解だが、しかし中上は、『魔女ランダ考』から、バリ島の母子関係・魔女ランダとバロンの対立関係・ベイトソンのダブルバインド理論の三者を、母子関係の葛藤を示すものとして未分化なまま受容していた。さらに中上は、物語の「前進と遅延」（「南の記憶Ⅰ」）や、歴史の「二面性」（対談「物語の復権」）など、ダブルバインド理論自体を拡大解釈していた。つまり、ダブルバインド理論を厳密に援用するというよりも、中上流に解釈・構想された母子関係の葛藤という面から、「イクオ外伝」を見る必要があろう。

右の引用からも看取されるように、イクオは母フサへの愛憎に葛藤していた。フサの二面性は、イクオが彼女と弟アキユキの家に押し掛ける場面に顕著に見られる。

イクオは一度ならず二度、三度と鉄斧を持ち、或る時は包丁を持ち、女親と種違いの弟が男と所帯を持つ家に押し掛け、二人を殺して自分も死ぬと眠りを破り、土間に立ち、鉄斧を持つ腕に力を込め、包丁を握る手に力を込めたが、女親の声を聴き、親が子に殺されるのに何も言う事はない、弟が兄に殺されるのに何も言葉はないと言って闇の中に坐った二人に何の手出しも出来なかった。

女親は力の抜けたイクオを、子のくせに、兄のくせに、親の幸せをねたみ、弟の幸せをねたむのかとなじり、若衆の身になってまだ子供だと思っていると怒り、これから親でもない弟でもないと思え、と帰りかかるイクオに悪罵を投げるが、イクオはおそらく物も食べず酒を飲みヒロポンを射っているのだと心配してミエ（論者注：フサの次女、イクオの妹）に食事を届けさせ、酒を飲むな、ポンを射つなと意見させる。（「イクオ外伝18」）

フサは、いったんは「親が子に殺されるのに何も言う事はない」と従容と死を受け入れながら、イクオが殺意を失ったと見たとたんに悪罵を投げつけ、しかし後で心配して、イクオに食事を届けさせる。イクオは、「突然変節した母」（「南の記憶Ⅱ」）と、「魔女ランダとバロンが戦う」（「坂口安吾・南からの光」）ように「前進と遅延」（「南の記憶Ⅰ」）を繰り返しながら戦うのである。

イクオが自殺を決断する場面は次のように語られる。

声は雛の日の前日になると朝からはっきりと、誰でもよい、女親の血の混じった者を生贄に差し出せと言い、イクオが「誰をよ？」と訊き返すと、新宮に女親と弟以外に血の混じった者はミエだと言い、朝飯を持って来る時に殺せるとささやく。

イクオは自分が何をしでかすか分からないと怖ろしく、朝から家を出、なるたけ女親の住む家やミエが立ち寄るかもしれない路地の家から遠く離れようと歩き続け、そのうち天のお告げのように、声の怒りを鎮めるのに誰を酷い目にあわせる必要もない、いつの頃からか誰ともなしに言う仏の七代に渡る罪のせいで若死にする宿命の中本の一統の血の自分が生贄になればよいと思いつき、イクオは嘘のように心が晴れたのだった。

誰にも手をかける事は要らない、俺が行く。イクオは声に出して独りごち、笑みさえ浮かべ、夜の中を路地に向かって歩いた。（「イクオ外伝18」）

母に対する愛憎の葛藤に翻弄され、「憎いと思いながら心の反対側に女親が愛しい、弟が愛しいと思う気持ちもある」というイクオは、さながら魔女ランダのように、「憎い愛しいという二心を手玉に取」って「嬲」る母フサとの「終りのない闘い」にある。こうした「終りのない闘い」を終わらせるべく、イクオは自殺を選択したのである。

六、まとめ

本章で述べたところをまとめておこう。

中上健次は、「物語の定型」のひとつとしてエディプスコンプレクスに言及していたが、昭和五十九年の「南の記憶Ⅱ」からフロイト批判に転じた。その批判の根拠となる「母と子の身体の遊戯」とはバリ島の母子関係のことであるが、中上はこれを中村雄二郎『魔女ランダ考』に紹介されたベイトソンの論文から得ていた。すなわち、バリ島の母子関係と『ラーマヤーナ』が「破局不在」であることから、破局に終わる『オイディプス王』とエディプスコンプレクスを「越える契機を提供する」としたのである。

中上は、「南の記憶Ⅱ」で『地の果て至上の時』と「火まつり」に言及し、「魔女ランダ⟷バロンという対立構図」を当てはめているが、実は両作とも、当初は「父殺し」のモチーフで書かれていた。これをランダとバロンの対立構図によって説明するのは、エディプスコンプレクスを批判せんがための後付けの論理である。しかし、『魔女ランダ考』受容以後に構想された「イクオ外伝」では、初めて、「魔女ランダ⟷バロンという対立構図」によってイクオと母フサの関係を把握することに成功した。母と子の終わりのない愛憎の葛藤を描いた本作によって、中上はエディプスコンプレクスを「越える契機」を得たのである。

終章　精神分析受容と文学の方法論

一、明治期の精神分析受容 ――森鷗外と中村古峡――

日本近代文学におけるフロイトの受容は、鷗外の衛生学にはじまり、古峡の精神療法、厨川白村の文芸評論、芥川や佐藤による小説、中上の物語論など、文学者によって様々な受容がみられた。本論文で取り上げた文学者における特徴を年代順に取り上げ、日本文学におけるフロイト受容の傾向を考察する。

第一章では、森鷗外の衛生学論文「性欲雑説（男子の性欲抑制）」（明治三十六年四月・九月）を取り上げた。この論文は、男子の性欲抑制が有害であるかどうか、中絶性交が神経症の原因であるかどうかを論じており、フロイトが一八九五年に発表した不安神経症についての論文を参照していた。また、鷗外文庫所蔵のフロイト著作には『夢について』（一九〇一年）、『性理論三篇』第二版（一九一〇年）があり、鷗外はフロイトに対して衛生学以外にも関心を持ち、当時の精神病学で議論となっていた遺伝因論と性病因論の対立を把握していた。

鷗外は、医学的にはフロイトの性病因論ではなく、遺伝因論を支持していた。しかし、「ヰタ・セクスアリス」（『スバル』明治四十二年七月）にみられるように、芸術を性欲の発揮と考える視点を文学に導入している。これはフロイトに刺激を受けた可能性もあるが、「ヰタ・セクスアリス」においては、フロイト以外のドイツ系医学者への言及が主である。

自然派の小説を読む度に、その作中の人物が、行住坐臥造次顚沛、何に就けても性欲的写象を伴ふのを見て、そして批評が、それを人生を写し得たものとして認めてゐるのを見て、人生は果してそんなものであらうかと思ふ（中略）小説家とか詩人とかいふ人間には、性欲の上には異常があるかも知れない。此問題は Lombroso なんぞの説いてゐる天才問題とも関係を有してゐる。Möbius 一派の人が、名のある詩人や哲学者を片端から掴まへて、精神病者として論じてゐるも、そこに根柢を有してゐる。

（中略）あらゆる芸術は Liebeswerbung である。口説くのである。性欲を公衆に向つて発揮するのであると論じてある。さうして見ると、月経の血が戸惑をして鼻から出ることもあるやうに、性欲が絵画になつたり、彫刻になつたり、音楽になつたり、小説脚本になつたりするといふことになる。（「ヰタ・セクスアリス」）

鷗外は、日本の自然主義の影響を受け、田山花袋「蒲団」（『新小説』明治四十年九月）の二年後に「ヰタ・セクスアリス」を発表した。「蒲団」は当時、「自意識的な現代人の肉の苦悶を大胆に赤裸々に告白して、新興自然主義派の一面の特色を、明白に且つ強烈に公衆の脳裏に印象せんとした」（片上天弦「田山花袋氏の自然主義」『早稲田文学』明治四十一年四月）と評されたように、事実をありのままに記述し、性の告白をするという日本の自然主義文学の作風を確立した作品である。この「蒲団」の影響を受けた鷗外は、「一体性欲といふものが人の生涯にどんな順序で発現して来て、人の生涯にどれ丈関係してゐるかといふことを徴すべき文献は甚だ少いやうだ」（「ヰタ・セクスアリス」）として、自身の幼少期の性について告白している。鷗外は、芸術と性だけでなく、人生と性の影響関係についてもフロイトと同様に考えていた。医学的には性病因論を支持しなかった鷗外も、文学的には性を表現することに関心を持っていたのである。また、ヒステリーの妻に小説を書かせたように、ヒステリーについて「カタルシス法」のような、フロイト的な方法での治療を考えていた（第四章を参照）。

「ヰタ・セクスアリス」の三年後に、古峡は「殼」（『東京朝日新聞』明治四十五年七月二十六日〜大正元年十二月五日）を発表する。自然主義の文学観は、中村古峡にも影響を与えている。

第二章では、中村古峡の「殼」を取り上げた。「殼」での為雄の精神障害は統合失調症であり、その病状の中で現れた観念内容は、父とその代理である兄との関係を淵源としていた。しかし、「殼」には最終章の蛇足ともいえる稔の恋愛の苦悩以外に、性的な事柄は出てこない。

古峡は、自然主義における性の告白を弟の精神病理の記述に置き換え、それに伴う兄の貧困の苦悩を書いたのである。

「殻」は、精神病理を事実ありのままに記述することで、ヤスパース『精神病理学総論』に見られる記述現象学の方法に近づいた。この古峡の姿勢は、告白という主観的な自然主義文学の方法であり、記述という客観的な医学の方法でもあった。鷗外が性についての考察の場を医学論文から小説へと移したのに対して、古峡は作家から変態心理の研究者へ、最終的には精神科医へと転身することになる。

大正期の古峡は、雑誌『変態心理』を刊行し、無意識、天才論、変態心理、マゾヒズムなどを話題に取り上げ、在野の研究者の活動の場を提供した。森田正馬も、呉秀三門下の精神病医でフロイトの性病因論に批判的であったが、『変態心理』の主要メンバーとして神経衰弱の治療法の研究を行い、在野の研究者として精神医学の主流とは異なった領域で活動した。古峡自身も催眠術や精神分析などの精神療法を模索し、『変態心理』の初期から終刊直前まで断続しながら連載を続けた「二重人格の女」（『変態心理』大正八年一月〜大正十五年九月）で、精神病理を克明に記述している。記述現象学に見られる、症状をありのままに記述することへの関心は一貫していたのである。古峡は、文学とも精神病学とも離れた『変態心理』という場を自ら作り出し、精神病者の記述を続けたのである。

鷗外は自然主義文学の影響により、性を文学の問題として表現した。これに対して、古峡は精神病理を文学としてではなく、弟という身近な精神病者を前に、あくまで治療の対象とした。また、古峡は弟の死をきっかけに精神病院での監禁や薬物療法を批判し、弟の精神病を感化院での教化によって治療することを望んだ。その結果、催眠術や精神分析など、精神療法の研究へ向かったことにも古峡の立場が表れている。

明治期の精神病学は、ドイツの精神医学の影響を受けており、遺伝因論が主流であった。鷗外もまた、遺伝因論を支持していたが、文学的には自然主義の影響を受け、人生と性の影響関係を文学によって探究しようとした。古峡は性という原因をとらえるのではなく、体験や行動としての精神病理をありのままに記述した。そこに、フロイトとヤスパースという、同時代の精神病理をめぐる思考が、日本近代文学のあり方においても同時代的に進行していたことがうかがえる。

二、大正期の精神分析受容 ——内田百閒、芥川龍之介、佐藤春夫——

大正期は、中村古峡の取り組みにも見られるように、精神病理とその治療法、夢、催眠、変態心理などへの関心とともに精神分析が日本に知られていった時期である。この傾向は、フロイトと同時代の、神経症や神経衰弱などの精神病理が問題視された時代における思考の成果であった。その過程で、古峡は弟の精神病理を克明に記述した小説「殻」を、百閒は夢のような短篇集『冥途』を発表した。

第三章では、百閒の『冥途』を取り上げた。百閒は、漱石門下であった六年間は小説を発表しなかった。漱石死後に、小説を発表するようになったが、神経衰弱、「死の不安」、借金に苦しめられるようになった。この苦悩は、死者となった父久吉と、漱石という二人の父への同一化と父殺しの罪悪感によるものであり、十二年かけて完成した短篇集『冥途』で表現された。『冥途』では漱石への同一化と葛藤を繰り返し表現している。百閒は自身の見た夢を頻繁に日記に記録しており、『冥途』も漱石の「夢十夜」の影響があった。

大正期にベストセラーとなり、当時の文学者に影響を与えた厨川白村『苦悶の象徴』（改造社、大正十三年三月。初出は『改造』大正十年一月）も、百閒と同様に夢への関心をもっていた。『苦悶の象徴』は、精神分析の理論をもとに、文学作品も夢のように象徴化されて表れるとする。自然主義文学や鷗外が試したように、文学を性欲の発揮としてではなく、厨川は、無意識を表現するものとして文学をとらえている。

この『苦悶の象徴』を読んだという芥川は、「死後」や「海のほとり」など晩年の作品で、フロイトの名や夢の無意識について言及した。「死後」は夢を見た後でフロイトの解釈を意識する。「海のほとり」は夢を見た後で無意識的な「識閾下の我」に言及する。芥川は、「羅生門」や「鼻」に代表される初期の作風からの転換により、志賀直哉の私小説の影響を受けたこれらの作品において、夢によって無意識を告白しようとしている。このように、大正期には様々な文学者が、夢を文学作品として表現しようとしている。

一方、大正期の文学者たちには、疾病観としてロンブローゾ『天才論』[1]の影響があった。鷗外が「ヰタ・セクスアリス」でロンブローゾに言及しているように、すでに「天才と狂人」の論点は注目されていた。芥川は「路上」(『大阪毎日新聞』大正八年六月三十日〜八月八日)、「芥川龍之介氏の座談」(『芸術時代』昭和二年八月)でロンブローゾに言及している。「路上」には、「いや、実際厳密な意味では、普通正気で通つてゐる人間と精神病患者との境界線が、存外はつきりしてゐないのです。況んやかの天才と称する連中になると、まづ精神病者との間に、全然差別がないと云つても差支へありません。その差別のない点を指摘したのが、御承知の通りロムブロゾオ[2]の功績です」(二十五)とある。佐藤春夫「更生記」にも、「僕は又、恋愛に陥つた人間や睡眠時の夢、子供の行動などといふものにも異常な興味を持つてゐるのだ。そんな時間に於て、すべての人間はみな天才的、或は狂人的、或は犯罪者的だね。（中略）天才と狂人と犯罪人とは類似してゐる、といふのはよろしい。だから、天才などはつまらぬといふのは、どんなものだか……」（「予言者の事」）とある。

これは、佐藤がヒステリー者の告白を文学とみる際にも繰り返される。佐藤が芥川にヒステリーの原因と療法を教えたという「文芸時評（芥川龍之介を哭す）」（『中央公論』昭和二年九月）には、

> 僕は彼に（論者注：佐藤が芥川に）向つて、ヒステリイといふ病気は如何にして発生するか、またそれを治療し得る唯一の方法は何であるか知つてゐるかを、彼に尋ねた。彼は知らぬと答へたので、僕は僕の耳学問を彼に伝へた。さうして、我々は我々の生活の急所に触れてゐるといふその理由のために最も明したくない当の問題を、何等かの方法で少しづつ漏洩することがいつも必要であるが、就中、心中に苦悶を持つてゐる場合には一層必要であるだらうと忠告した。さうしてすべての文学者は自ら意識せずして不断に、ヒステリイの療法を自ら企ててゐるのではなからうか。「思ふこと言はねば腹ふくるる」といふのは、ただの戯れではないと僕は言つた。（中略）「改造」八月号の「文芸的な、余りに文

芸的な」の一項目「ヒステリイ」は、彼と僕との当夜の話題を、彼がもう一度考察したものであるらしい。

（中略）僕は彼に向つて文章をなぐり書きすることを、つまり談話することを楽しむところの彼が恰もしやべる時と同じやうに楽しんで書くためには、全くしやべるが如く書くことを勧告してみた。

（中略）しかし、「ヒステリイの療法と文学」については即座に賛成の意を表した彼も、文学の言文一致精神についてては、これを了解するとは言つたけれども、容易に賛成しないらしかつた。（芥川龍之介を哭す）


とある。この佐藤と芥川による昭和二年一月中旬の一夜については、芥川の「文芸的な、余りに文芸的な」（三十五「ヒステリイ」『改造』昭和二年八月）に「僕はヒステリイの療法にその患者の思つてゐることを何でも彼でも書かせる——或は言はせると云ふことを聞き、少しも常談を交へずに文芸の誕生はヒステリイにも負つてゐるかも知れないと思ひ出した」とあり、芥川が佐藤のいう「ヒステリーの療法と文学」について了解したことを裏付けている。

佐藤は、ヒステリー療法における告白と、作家が「最も明かしたくない当の問題」を「しやべるが如く書く」ことで告白することを提案した。これは、後の伊藤整のいう新心理主義文学の「意識の流れ」と同じく、「しやべるが如く書く」による告白の一種といえる。しかし、芥川はヒステリー療法における告白を文学とすることには賛成したが、「しやべるが如く書く」ことで告白することを認めなかった。そこに佐藤と芥川の文学観の違いがあり、芥川は夢を用いて「識閾下の我」などの無意識を告白しようとするのである。

芥川に対して佐藤は、精神分析を題材とした日本で最初の長篇小説「更生記」で、フロイトのヒステリー論と、クレペリン『精神医学』のヒステリー症状の記述を組み合わせ、クレペリンの指摘した乳房痛の症状をフロイトのいう外傷体験を原因とした（第四章参照）。つまり、ヒステリー者の告白において、フロイトの理論を用いているのである。そのため、「更生記」のヒステリー症状の記述も記述現象学的な克明さを持つが、古峡とは異なる病因論の導入がある。すなわち、佐藤はそこにヒステリー者の性の告白を加えているのである。

三、昭和期の精神分析受容 ——中上健次——

「更生記」は、ヒステリー者に性の秘密があり、その告白によって回復するという論点の設定において、三島由紀夫の「音楽」と共通する。これは、精神分析療法を小説に用いる際の定型となっているように思われる。「音楽」では、ヒステリーで冷感症の女性が、兄との近親相姦という秘密を告白することで回復する。ここで三島が、精神分析での治療を題材とし、「更生記」と共通する、秘密と告白によってヒステリーが回復するという定型を意識的になぞった可能性もある。

中上もまた、秘密と告白という自然主義文学、ひいては精神分析を題材とした小説の定型を意識的に表現している。中上の「枯木灘」（河出書房新社、昭和五十二年五月）は、「日本の自然主義文学は七十年目に遂にその理想を実現したのかもしれない」（江藤淳「文芸時評」『毎日新聞』昭和五十二年二月二十四日）と評された、中上自身の複雑な血縁関係と出自の告白であり、秋幸と義理の妹の近親相姦、義理の弟の殺害、父殺しの欲望、兄と姉の近親相姦、「兄妹心中」の伝承など、エディプスコンプレクスの反復が見られる。ただし、その「反復」の際には、エディプスコンプレクスの構成要素のいくつかを、筋の展開のあちこちに配置するという方法が取られている。

このエディプスコンプレクスを中上は「物語の定型」のひとつとしていたが、昭和五十九年の「南の記憶Ⅱ」からは、むしろフロイト批判に転じていた。中上は、「破局」の物語である『オイディプス王』とエディプスコンプレクスを、「破局不在」であるバリ島の母子関係と

『ラーマヤーナ』が「越える」と考えたのである。

そこには、中上自身の母と異父兄に対する葛藤をいかに理解するかという問題があった。中上自身も秋幸に似た複雑な出自をもっていた。バリ島の母子関係をもとにした「魔女ランダ↔バロンという対立構図」を用いることで中上は、狂気にとらわれた異父兄の自殺をエディプスコンプレクスではなく、ベイトソンのダブルバインドによって初めて理解した。「イクオ外伝」では、中上の母と異父兄の関係を母と子の終わりのない愛憎の葛藤として描き、エディプスコンプレクスを「越える」作品にしている。

中上は、自身の葛藤を小説で表現するにあたり、エディプスコンプレクスを意識的に反復するように表現した。すなわち、これまでの自然主義的な作家が告白の方法として精神分析を受容したのとは異なり、中上はエディプスコンプレクスを物語の定型としてフロイトを受容したのである。中上は、父殺しと近親相姦を各世代に繰り返し起こる出来事として、エディプスコンプレクスの普遍性を物語論とし、小説で表現している。

また、中上は貴種流離譚をエディプスコンプレクスと同じ「物語の定型」と考えた。これは、折口信夫の弟子であった角川源義『悲劇文学の発生』（青磁社、昭和十七年五月）の影響によると中上自身が述べている。『悲劇文学の発生』には、軍記物語の『義経記』（室町前期）に「貴種流離譚」が見られるとしている。

この人（論者注：角川源義）の『物語文学の発生』だとか、『悲劇文学の発生』だとか、この二冊の書物というのは、ほとんど「熊野学」という観を呈している。（中略）ぼくも、二十代後半のころ読んでものすごいショックだったんです。自分が熊野から出てきているのに、熊野をほとんど知らなかったということで、頭をどやしつけられたというショックで、それでぼくは、角川源義というやつはすごいやつだと思い続けていました。（中上健次「那智滝私考」『中上健次と読む『いのちとかたち』』河出書房新社、平成十六年七月）

中上は、出身地の熊野を「物語の定型」にとって重要な土地と位置づけ、物語論の中に組み込んだ。中上の「紀州 木の国・根の国物語」（『朝日ジャーナル』昭和五十二年七月一日〜昭和五十三年一月二十日）は、紀伊半島を旅しながら各地の歴史や物語について考察している。中上は「物語の定型」について、「『枯木灘』を書いて『紀州』を書いて、何か物語の定型みたいなものがあるんではないかと気づいたわけです」（「物語の定型ということ」『国文学』昭和五十三年十二月）としている。その連載期間中の出来事として、蓮實重彦「物語としての法」（『現代思想』昭和五十二年八月）は、繰り返される「物語」、つまり中上のいう「物語の定型」を『枯木灘』が裏切ると論じている。この論文に刺激された中上が、昭和五十三年の連続公開講座で「物語の定型」について論じることになる。

蓮実さんの「物語としての法」ってのを読んだときに、あの批評はつまり、ここまでいわれるとヤバイな、と思ったんですよ。蓮実さんの批評はいちばんあとで読んだんです、紀州に取材に出てるときに、こういうの出てるよって送ってもらって……。で、ギョッとした、自分がヤバイなという感じがあったんですよ。紀州を取材しながら、もっと自分のなかで、いわゆる考え詰めるみたいなこととしての物語と法、つまり、最近ぼく、よく言うんですけどね、物語に定型があるという言いかたですね。定型っていうのは、法とか制度が物語には確固としてある、それをひとまず暴露したのが『枯木灘』ではなかったのかっていうことを、ぼくはほうぼうで喋ってるわけなんですけどね。ということは蓮実さんに、むしろ早く、そんな自分の考えてることを言ったほうがいいと言われたような気がして、お里をもう早く知らしたほうがいいという感じがありましてね。（「制度としての物語」『カイエ』昭和五十四年一月）

中上が目指していたように、精神分析による物語構成を乗り越えなくてはならないと考える思想は、同時期に登場していた。物語の定型、もしくはエディプスコンプレクスを乗り越えようとする試みは、ドゥルーズ／ガタリ『アンチオイディプス』（一九七二年）などの社会思想にもみられる。中上はブックフェアでの読書リスト（東京堂書店神田本店、昭和五十九年）にドゥルーズ／ガタリ「リゾーム」（豊崎光一訳『エピステーメ』昭和五十二年十月）を挙げており、関心をもっていた。また、中上はブックフェアと同年の「南の記憶Ⅱ」（『すばる』昭和五十九年十一月）で明らかにしているように、ベイトソンの理論でエディプスコンプレクスを乗り越えようとしていくのである。

四、まとめ

このように概観すると、精神分析を知った日本の文学は、時代順に、次のような仕方でフロイトの思想を受け入れていったといえる。

鷗外は、医学的には精神分析が正しいかどうか疑問を持っていたが、文学的にはフロイトと共通する性の理解を試みていた。古峡は、鷗外のように文学で性を表現することに関心を向けなかったが、事実をありのままに記述する自然主義文学の方法をとった。それにより、記述現象学的に精神病者の症状を克明に記述し、医学の方法に接近した。鷗外がヒステリーの妻に小説を書かせ、佐藤春夫が「しゃべるが如く書く」と考えたように、自由連想を「告白」ととらえることで、人間の苦悩の源が明らかになり、癒しがもたらされるという治療観につながる。これは、佐藤が自由連想を懺悔ともとらえていたように、宗教的な文脈では分かりやすい人間観である。しかし、その「源」が性的なものであるかどうかという点については、鷗外の「ヰタ・セクスアリス」のように、問題として新たに意識されただけにとどまっている。「告白」によって、より正確には自由連想だけでなく、芥川龍之介「海のほとり」の「識閾下の我」や、内田百閒『冥途』の夢のような小説によって、通常の方法では描き出せない次元である無意識を、文学において描き出すことができるのではないかという試みがなされたと考えられる。だが、この試みは「無意識」への探究として体系的に行われるよりも、「ありのままに描く」という自然主義的な考え方をも吸収したうえで、むしろ「告白」の一種である、伊藤整による「意識の流れ」の方法に引き寄せられたのではないかと思われる。

文学と医学を小説で統合したのは、佐藤春夫の「更生記」である。性の告白を行う自然主義文学に対して、症状を克明に記述する記述現象学と、外傷体験の告白という二つの方法で統合したのである。このように、自然主義の方法論が近代文学の歴史において果たした役割は大きいが、日本近代文学における精神分析の受容もまた、告白の文学として機能したのである。

さらに時代が下ると、そうした通常とは異なる方法で描き出された無意識は、物語にとっての一つの「定型」を提示してくるのではないかという見方がなされるようになる。中上が、貴種流離譚を『オイディプス王』と同じ「物語の定型」としたのもこのことによる。中上は、エディプスコンプレクスを構造的にとらえることにより、因果論として批判的にとらえた。それは、自然主義文学の物語の定型である秘密とその告白に対する批判であった。これは、精神分析による小説作法の到達点の一つを示している。

『ラーマヤーナ』や魔女ランダの物語について、中上が「物語の定型」を「越える」としたことで、精神分析の主張するエディプス的な定型のほかに、他の定型も存在するのか、あるいは、物語批判として、物語とは異なるものとしての文学の文学性とは何かという問いが生まれている。このように、物語の定型をめぐる議論において、精神分析の理論が重要な要素の一つとなってきたのは間違いなく、そういった「定型」が存在するのかどうかという問いをも含めて、精神分析から見た物語の定型論は、今後も研究の余地がある課題となるだろう。

〔注〕

はじめに

（1）曾根博義「フロイトの紹介の影響―新心理主義成立の背景」（昭和文学研究会編『昭和文学の諸問題』笠間書院、昭和五十四年五月）、小田晋ほか編『『変態心理』と中村古峡』（不二出版、平成十三年一月）、曾根博義「『精神分析』創刊まで――大槻憲二の前半生」（『精神分析（戦前編）解説・総目次・索引』不二出版、平成二十年六月）

（2）一柳廣孝「消えた「フロイド」―芥川龍之介「死後」」（『日本文学』平成十二年五月）、同「「心理研究」とフロイト精神分析」（『名古屋近代文学研究』平成二十年十二月）

（3）佐藤達哉『日本における心理学の受容と展開』（北大路書房、平成十四年九月）

（4）安齊順子「日本への精神分析の導入と丸井清泰」（『心理学史・心理学論』平成十二年十月）、同「日本への精神分析の導入における大槻憲二の役割」（『明海大学教養論文集』平成十二年十二月）、鈴木朋子・井上果子「日本における精神分析学のはじまり（1）久保良英の貢献」、同「日本における精神分析学のはじまり（2）大槻快尊の貢献」（共に『横浜国立大学大学院教育学研究科教育相談・支援総合センター紀要』平成十三年三月、平成十四年二月）

序章

（1）クレペリンのフロイト批判には、「我々はこの場合いたるところでフロイトの研究方向の特徴にぶつかる。すなわち自分勝手な見解や推測を確かめられた事実として述べることで、このことが躊躇なしに新しい、どんどん高く築き上げられる空中楼閣を建てるのに使われ、それから個々の観察を限りもなく一般化することである」などがある（Kraepelin, E.: *Psychiatrie*, 8 th ed. Barth, Leipzig, 1909-1915. 西丸四方ほか訳『精神分裂病』みすず書房、昭和六十一年一月。遠藤みどり訳『心因性疾患とヒステリー』みすず書房、昭和六十二年八月）。

（2）Alfred Binet（1857-1911）心理学者。知能テストを創始した。Pierre Janet（1859-1947）神経科医。サルペトリエール病院で治療を行った。Joseph Breuer（1842-1925）神経科医。フロイトと共著で『ヒステリー研究』（一八九五年）を刊行したが、後に袂を分かつ。

（3）講演の内容は Freud, S.: "Über Psychoanalyse" *Gesammelte Werke VIII*, 1-60, 1910.（福田覚訳「精神分析について」新宮一成ほか編『フロイト全集9』岩波書店、平成十九年十月）となっている。

（4）円の比喩を用いたフロイトの発言は、原書 "*Abnormal Psychology*" の注に "The Interpretation of Dreams"（translated by A. A. Brill）, New York, 1913. とあるように、フロイト『夢解釈』の一節「F無意識と意識――現実」には円の比喩を用いた同様の一文がある。

（5）Coriat, I.H.（1875-1943）アメリカのボストン病院神経病科助手、変態心理研究の権威（コーリアット『変態心理学』佐藤亀太郎訳、大日本文明協会、大正十年二月）。ボストン精神分析協会の創立メンバー。

（6）厨川白村（1880-1923）東京帝国大学英文科で小泉八雲、夏目漱石、上田敏に学ぶ。京都大学の前身である第三高等学校の教授となるが、関東大震災により死去。代表作に『近代文学十講』（大日本図書、明治四十五年五月）や『苦悶の象徴』がある。『苦悶の象徴』は五十版まで刊行されたという（工藤貴正「厨川白村著作の普及と受容―日本における評価の考察を中心に―」『学大国文』平成十三年一月）。魯迅訳の中国語版（『苦悶的象徴』未名社、大正十三年十二月）もある。

（7） 長谷川天渓が、大正三年頃に早稲田大学文学科（英文科）の講義で精神分析を取り上げていたという（曾根博義「フロイトの紹介の影響―新心理主義成立の背景」）。

（8） 伊藤整が「意識の流れ」を用いた小説には、小説の処女作「飛躍の型」（『文芸レビュー』昭和四年六月）や、「蕾の中のキリ子」（『文芸レビュー』昭和五年十一月）、「機構の絶対性」（『新科学的文芸』昭和五年十一月）、「ブノアの発見」（『新科学的文芸』昭和六年一月）、「M百貨店」（『新科学的文芸』昭和六年五月）、「プラタアヌと脚」（『近代生活』昭和六年六月）、「緑の崖」（『新作家』昭和六年六月）、「循環」（『新科学的文芸』昭和六年十月）、「憎悪に就て」（『新潮』昭和七年四月）などがある。

（9） 一九二五年春以降のドイツ語版ドストエフスキー全集の増補に『カラマーゾフの兄弟』の資料に関する議論を収録することになった。そこに、フロイトは序文を書くよう依頼され、一九二六年に論文を書き始めた。しかし、ノイフェルト（Neufeld, J.）が既に「ドストエフスキー、その精神分析的素描」（一九二三年）を発表していた。フロイトは「ドストエフスキーと父親殺し」の最後に「ここに述べた見解の大部分が（論者注：ノイフェルトの論文に）含まれている」として、執筆を中断した。フロイトは、その後もアイティンゴン（Eitingon, M. 一九〇七年にチューリッヒからフロイトに迎えられた医学生。フロイトによる初めての教育分析を受けた）に論文を書くよう説得され、一九二七年の初めに「ドストエフスキーと父親殺し」を完成、一九二八年の秋にフロイトのこの論文を序文とする巻（ドストエフスキー全集の増補）を出版した（ジョーンズ『フロイトの生涯』紀伊國屋書店、昭和四十四年十二月)。

(10) Freud, S.: Neue Folge der Vorlesungen zur Einführung in die Psychoanalyse. : *Gesammelte Werke XXII*, 1-82, 1933.(道籏泰三訳「続・精神分析入門講義」『フロイト全集21』岩波書店、平成二十三年二月)

(11) Freud, S.: Warum Krieg?.: *Gesammelte Werke XXII*, 195-215, 1933.(高田珠樹訳「戦争はなぜに?」『フロイト全集20』岩波書店、平成二十三年一月)

第一章

(1) Störring, G.(1860-1946)、心理学者でチューリッヒ大学教授。

(2) Störring, G.: *Vorlesungen über Psychopathologie : in ihrer Bedeutung für die normale Psychologie mit Einschluss der psychologischen Grundlagen der Erkenntnistheorie*. 1-468, W.Engelmann, Leipzig, 1900.

(3) Freud, S.: Studien über Hysterie. *Gesammelte Werke I*, 75-312, Fischer, Frankfurt am Main, 1895.(芝伸太郎訳「ヒステリー研究」『フロイト全集2』岩波書店、平成二十年十二月)

(4) Krafft-Ebing, R. v.: *Psychopathia Sexualis*. 1.Aufl, 1-110, F.Enke, Stuttgart, 1886.

(5) 呉秀三『脳髄生理 精神啓微』再版(松崎留吉、明治二十五年十月)、『精神病者の書態』(松崎留吉、明治二十五年)、『精神病学集要』(吐鳳堂書店、明治二十七年・二十八年)、Hasime Sakaky(榊俶): *Aus der Nervenklinik der Charité (Prof. Westphal)*. 1-11, Schumächer, Berlin, 18- - ?. などがある。また、Weininger, O. v.: *Geschlecht und Charakter*. 10. Aufl, 1-608, Braumüller,

Wien und Leipzig, 1908. には、ブロイアー（Breuer, J.）とフロイトによるヒステリー論についての言及がある。

（6）『東京医事新誌』は、鷗外が主筆として編集を行った雑誌で、クラフト＝エビングやクレペリン（Kraepelin, E.）の講義が紹介された。明治二十二年一月から二十二年十一月の間に、C. Moeli「狂犯」（抄録、明治二十二年三月）、「精神病の詐欺」（抄録、明治二十二年四月）、三田久泰「感伝性精神病論」（明治二十二年五月・六月）「魔睡術にて治病」（抄録、明治二十二年八月）、などの精神病や神経学の論文がある。鷗外が創刊した雑誌の中では、小野寺義卿「精神症状と胃腑疾患との関係」（『衛生新誌』明治二十三年一月）、「魔睡術は禁ずべし」（『衛生新誌』明治二十二年五月）、青山胤通「「ヒステリー」患者に於ける強直性眼瞼痙攣の治癒せる一実験」（『医事新論』明治二十三年一月）、岸千尋「「ヒステリー」性稀微の実験」（『医事新論』明治二十三年七月）、入澤達吉「精神病学者の眼に映ずるエミイル、ゾオラ」（『公衆医事』明治三十一年一月）が精神病や神経学に関連する論文である。

（7）レーヴェンフェルト（1847-1923）はミュンヘンで開業しているよく知られた精神科医である。フロイトの論文を二回著書に収め、一九〇八年と一九一〇年の精神分析学会に出席し、一九一〇年に催眠についての論文を発表したが、フロイトの考えを完全には受け入れなかった（Strachey, J. : Editor's note (Zur Kritik der "Angstneurose") Freud, S. *The standard edition III*, 121,Hogarth Press, London, 1966.（北山修監訳『フロイト全著作解説』人文書院、平成十七年八月）

（8）蔵躁とは「一種の発作性精神病で、女性に多い。（中略）今日のヒステリーに相当すると思われる」。怔忡は「心臓が激しく動悸する一種の病証」とある（創医会学術部編『漢方用語大辞典』

燎原、昭和五十九年五月)。

(9) Freud, S.：Über den Traum, *Gesammelte Werke II/III*, 673-700, 1901.

(10) Freud, S.：*Drei Abhandlungen zur Sexualtheorie*. 2. Aufl, Deuticke, Leipzig und Wien, 1910.

(11) Freud, S.：Über die Berechtigung, von der Neurasthenie einen bestimmten Symptomenkomplex als "Angstneurose" abzutrennen. *Neurologisches Zentralblatt*, (14-2)：50-66, 1895.(兼本浩祐訳「ある特定の症状複合を「不安神経症」として神経衰弱から分離することの妥当性について」『フロイト全集1』岩波書店、平成二十一年二月)

(12) Freud, S.：Selbstdarstellung. *Gesammelte Werke XIV*, 31-96, Fischer, Frankfurt am Main, 1925.(家高洋、三谷研爾訳「みずからを語る」『フロイト全集18』岩波書店、平成十九年八月)

(13) Freud, S.：Zur Ätiologie der Hysterie. *Gesammelte Werke I*, 423-459, Fischer, Frankfurt am Main, 1896.(芝伸太郎訳「ヒステリーの病因論のために」『フロイト全集3』岩波書店、平成二十二年十一月)

(14) Freud, S.：*Sigmund Freud, Brief an Wilhelm Fließ 1887–1904*, (Masson, J. M. Schröter, M.), Fischer, Frankfurt am Main, 1985.(河田晃訳『フロイト フリースへの手紙：1887-1904』J・M・マッソン編、M・シュレーター ドイツ語版編、誠信書房、平成十三年八月)

(15) Löwenfeld, L.：Über die Verknüpfung neurasthenischer und hysterischer Symptome in Anfallsform nebst Bemerkungen über die Freud'sche <Angstneurose>. *Münchener medizinische Wochenschrift*, 42：282-285, 1895.

(16) Freud, S.：Zur Kritik der "Angstneurose". *Gesammelte Werke I*, 355-376, Fischer, Frankfurt

am Main, 1895.（山岸洋訳「「不安神経症」に対する批判について」『フロイト全集3』岩波書店、平成二十二年十一月）

（17）Freud, S.: L'hérédité et l'étiologie des névroses. *Gesammelte Werke I*, 405-422, Fischer, Frankfurt am Main, 1896.（立木康介訳「神経症の遺伝と病因」『フロイト全集3』岩波書店、平成二十二年十一月）

（18）Freud, S.: Die Sexualität in der Ätiologie der Neurosen. *Gesammelte Werke I*, 489-516, Fischer, Frankfurt am Main, 1898.（新宮一成訳「神経症の病因論における性」『フロイト全集3』岩波書店、平成二十二年十一月）

第二章

（1）「たつぼ」は「たにし」の方言で、岩手県、茨城県、千葉県、神奈川県、山梨県、岐阜県、静岡県、愛知県、三重県、和歌山県の各地域に見られる（佐藤亮一監修『日本方言辞典』小学館、平成十五年十一月）

（2）曾根博義「中村古峡の履歴」（『新編中原中也全集別巻（下）』角川書店、平成十六年十一月）。中原中也は、晩年に中村古峡療養所に入院していた。

（3）臭化カリウム。催眠鎮静剤などに用いる（新村出編『広辞苑』第六版、岩波書店、平成二十年一月）。

（4）Zola, É.: *Le roman expérimental*, Charpentier, Paris, 1880.（古賀照一訳「実験小説論」『ゾラ』新潮社、昭和四十五年二月）

（5）年月の表記は、曾根博義「中村古峡と『殻』」（『日本大学人文科学研究所研究紀要』平成十一年一月）を参照した。

（6）曾根博義は、為雄の日記により、為雄の帰省が七月である可能性も指摘している（曾根博義「中村古峡と『殻』」）。

（7）「殻」という語やイメージはこの箇所以外に出てこない。曾根博義は「殻」という題名がこの「田螺殻」から採ったものであろうと指摘している（曾根博義「中村古峡と『殻』」）。

（8）Schneider, K.：*Klinische Psychopathologie*, G. Thieme, Stuttgart, 1950.（針間博彦訳『臨床精神病理学』文光堂、平成十九年九月）

（9）Freud, S.：Psychoanalytische BemerKungen über einen autobiographisch beschriebenen Fall von Paranoia（Dementia paranoides）, *Gesammelte Werke VIII*. 239-316, 1911.（渡辺哲夫訳「自伝的に記述されたパラノイアの一症例に関する精神分析的考察」『フロイト全集11』岩波書店、平成二十一年十二月）

（10）Lacan, J.：D'une question préliminaire à tout traitement possible de la psychose, *Écrits*, Seuil, Paris, 1966.（佐々木孝次訳「精神病のあらゆる可能な治療に対する前提的問題について」『エクリII』弘文堂、昭和五十二年十二月）

（11）Ellenberger, H. F.：*The discovery of the unconscious：the history and evolution of dynamic psychiatry*, Basic Books, New York, 1970.（木村敏、中井久夫監訳『無意識の発見：力動精神医学発達史 上』弘文堂、昭和五十五年一月）

（12）Jaspers, K.：*Allgemeine Psychopathologie*, J. Springer, Berlin, 1913.（西丸四方訳『精神病理学

原論』みすず書房、昭和四十六年六月）

第三章

（1）「四十四年の早春に、内幸町の胃腸病院に入院して居られる漱石先生を訪ねて行った」（「漱石先生臨終記」『中央公論』大正九年十二月）とある。

（2）「意識閾の下」は、大正期には知られていたマイヤース（Myers, F. W. H.）の潜在意識の概念である「閾下の自己（subliminal self）」などをもとにした、無意識を表す語である。

（3）百閒が『百鬼園日記帖』で夢を記録しているのは、大正六年十二月、七年三月十日、七年六月二十九日、八年一月七日、八年三月一日、八年三月十八日、八年四月三十日の計七日である。そのうち、大正八年三月十八日のみ「洋行する夢」で、死とは表面上関係がない夢である。

（4）Freud, S.：Dostojewski und die Vatertötung, *Gesammelte Werke XIV*, 397–418, 1928.（石田雄一訳「ドストエフスキーと父親殺し」『フロイト全集19』岩波書店、平成二十二年六月）

（5）Freud, S.：Hemmung, Symptom und Angst, *Gesammelte Werke XIV*, 111–205, 1926.（大宮勘一郎、加藤敏訳「制止、症状、不安」『フロイト全集19』岩波書店、平成二十二年六月）

（6）Freud, S.：Das Unheimliche, *Gesammelte Werke XII*, 227–268, 1919.（藤野寛訳「不気味なもの」『フロイト全集17』岩波書店、平成十八年十一月）

（7）Freud, S.：Der Wahn und die Träume in W. Jensens "Gradiva", *Gesammelte Werke VII*, 29–125, 1907.（西脇宏訳「W・イェンゼン著『グラディーヴァ』における妄想と夢」『フロイト全集9』岩波書店、平成十九年十月）

（8） Freud, S.: Entwurf einer Psychologie, *Gesammelte Werke Nachtragsband*, 373-486, 1895.（総田純次訳「心理学草案」『フロイト全集3』岩波書店、平成二十二年十一月）

（9） Freud, S.: Der Humor, *Gesammelte Werke XIV*, 381-389, 1928.（石田雄一訳「フモール」『フロイト全集19』岩波書店、平成二十二年六月）

（10） Freud, S.: Der Realitätsverlust bei Neurose und Psychose, *Gesammelte Werke XIII*, 361-368, 1924.（本間直樹訳「神経症および精神病における現実喪失」『フロイト全集18』岩波書店、平成十九年八月）

（11） Freud, S.: Neue Folge der Vorlesungen zur Einführung in die Psychoanalyse, *Gesammelte Werke XV*, 1933.（道籏泰三訳「続・精神分析入門講義」『フロイト全集21』岩波書店、平成二十三年二月）

（12） Rank, O.: Der Doppelgänger, *Imago*, 3(2); 97-164, 1914.（有内嘉宏訳『分身 ドッペルゲンガー』人文書院、昭和六十三年十一月）

（13） Ellenberger, H. F.: La notion de maladie créatrice. Dialogue: *Canadian Philosophical Review*, 3; 25-41, 1964.（中井久夫訳「「創造の病い」という概念」『エランベルジェ著作集2』みすず書房、平成十一年八月）

第四章

（1）『大鏡』（橘健二、加藤静子校注・訳『大鏡』小学館、平成八年六月）に「おぼしきこと言はぬは、げにぞ腹ふくるる心地しける。かかればこそ、昔の人はもの言はまほしくなれば、穴を掘りては言ひ入れはべりけめとおぼえはべり」（序）、『徒然草』（安良岡康作校注・訳『方丈記・徒然草・正法眼蔵随聞記・歎異抄』小学館、平成七年三月）に「おぼしき事言はぬは腹ふくるるわざなれば」（第十九段）がある。

（2）Freud, S.: Studien über Hysterie. *Gesammelte Werke I*, 75-312, Fischer, Frankfurt am Main, 1895.（芝伸太郎訳「ヒステリー研究」『フロイト全集2』岩波書店、平成二十年十二月）

（3）Kraepelin, E.: *Psychiatrie*, 8 th ed. Barth, Leipzig, 1909-1915.（西丸四方ほか訳『精神分裂病』みすず書房、昭和六十一年一月。遠藤みどり訳『心因性疾患とヒステリー』みすず書房、昭和六十二年八月）

（4）第十五回精神医学史学会大会（二〇一一年十月二十九日）での岡田靖雄氏の発言によれば、「すこぽらみん」はいざという時のための鎮静剤で、佐藤の「スコボラチン」は書き間違いの可能性があるという。

（5）古代ギリシャでは、子宮を原因とする女性の病と見られてきた。遺伝因を支持するシャルコー（Jean-Martin Charcot）も、ヒステリー者は卵巣の部位に触れると痛みを感じ、卵巣を圧迫するとヒステリー発作が一時的におさまるとする（Charcot, J.M.: *Charcot, the clinician: the Tuesday lessons*. Translated with commentary by Christopher Goetz, Raven Press, New York, 1987. 加我牧子ほか監訳『シャルコー神経学講義』白揚社、平成十一年十月）

第五章

（1）中上がフロイトを批判したのは物語論の枠組みの中であり、それ以外では、「南の記憶Ⅱ」以降でも依然としてフロイトへの言及はなされている。ただし、「ちょうどフロイトだとかユングを考え始めた時期でして、そのときにおける水というのは、自分の中の深層心理の中の水、あるいはユングの言う、中上健次という人間の中にもある〈集団的無意識〉というものの中の水だと思ったのです」(「トポスの文学」『俳句』昭和六十一年二月)とあるように、フロイトとユングを明確に区別できていない。両者の違いとして、ユングは人類の心的遺産の貯蔵庫を集合的無意識とし、文化や時代を超越したイメージやテーマを見出したのに対し、フロイトは幼児期体験の抑圧による無意識を論じた(フロイト「精神分析運動の歴史のために」一九一四年。福田覚訳『フロイト全集13』所収、岩波書店、平成二十二年三月に拠る)。両者を区別しない中上の姿勢は、対談「ゾーンを生きる文学」(『文学界』昭和六十一年八月)、「果てしなきゾーン=ボーダー」(『早稲田文学』昭和六十一年十月)、「今、三島由紀夫を語る」(『波』昭和六十二年十一月)などでも同様である。

(2) 古代インドの叙事詩『ラーマーヤナ』(成立は紀元前四世紀)の梗概は次の通りである。カイケーイー妃は、長男のラーマ王子をダンカータの森に追放し、次男バーラタを王にするようダシャラタ王に要求する。カイケーイーの願いを容れたダシャラタ王はラーマを追放するものの、悲嘆のあまり病に倒れ、死んでしまう。そのためバーラタは王座を拒み、ラーマの代理として王国を治める。一方、森で十三年隠遁生活をしたラーマは、魔王によってさらわれた妻シータを白い猿ハヌーマンに探し出してもらう。再会した二人は王国に帰り、国を治める(中上健次「南の記憶I」『すばる』昭和五十九年十月をもとに、論者が適宜まとめた)。

(3) グレゴリー・ベイトソン(Bateson, G. 1904-1980)は、文化人類学をはじめ、社会学、言語学、精神病理学、サイバネティックスなど多岐にわたる研究を行った。主著は『精神の生態学』（一九七二年。佐伯泰樹ほか訳により、上下巻として昭和六十一年一月・昭和六十二年四月、思索社刊）。「ダブルバインド」とは、「患者が経験する外的な出来事の連続が、メッセージの整然とした論理階型化（Logical Typing）を阻止する」（「精神分裂症の理論化に向けて」一九五六年。邦訳は前掲『精神の生態学（上）』所収）ことで、統合失調症を育む家庭状況の特徴とされる。ベイトソンが挙げている例として、「分裂症の強度の発作からかなり回復した若者のところへ、母親が見舞いに来た。喜んだ若者が衝動的に母の肩を抱くと、母親は身体をこわばらせた。彼が手を引っ込めると、彼女は「もうわたしのことが好きじゃないの？」と尋ね、息子が顔を赤らめるのを見て「そんなにまごついちゃいけないわ。自分の気持ちを恐れることなんかないのよ」と言いきかせた。患者はその後ほんの数分しか母親と一緒にいることができず、彼女が帰ったあと病院の清掃夫に襲いかかり、ショック治療室に連れていかれた」（前掲「精神分裂症の理論化に向けて」）がある。母親の態度は、息子の愛情を拒否する一方、積極的に受け入れようとするものである。

（4）『魔女ランダ考』第Ⅰ章の初出は「魔女ランダ考」（大江健三郎ほか編『生と死の弁証法』岩波書店、昭和五十五年十二月）、第Ⅲ章は「問題群としての〈子供〉」（『世界』昭和五十六年十二月）、第Ⅳ章は「原理としての〈子供〉から〈女性〉へ」（大江健三郎ほか編『老若の軸・男女の軸』岩波書店、昭和五十七年四月）。

（5）中上がバリ島について言及しているのは、「現代バリ練習問題」（昭和五十九年八月）、「わたし・愛する・あなた」（昭和五十九年九月）、「クルンのティンガラム」（昭和五十九年十月）においてである。

（6）映画『火まつり』（監督・柳町光男、昭和六十年五月公開）、シナリオ「火まつり」（『火の文学』角川書店、昭和六十年六月）、小説「火まつり」（『文学界』昭和六十年七月〜昭和六十二年二月）の三種があるが、以下本章ではこれらを「火まつり」と総称する。

（7）「熊野に、性意識に目醒めた若者や娘を、アニ、イネと呼ぶ形がある。さらに古座に、若者をアイヤと呼ぶ形がある」（「南の記憶Ⅱ」）。

（8）「山林労働者の職業病。主にチェーンソーの振動が原因で、血管の痙攣性収縮が起こり、指が蒼白となって疼痛を生じる」（新村出編『広辞苑』第六版、岩波書店、平成二十年一月）病。

終章

（1）ロンブローゾ（Lombroso, C. 1835-1909）。イタリアの精神病学者で刑事人類学の創始者。犯罪の原因として隔世遺伝論を提唱し（『犯罪人論』一八七六年）、天才と精神病者の類似点に論及した（『天才論』一八八八年）。『天才論』の最初の邦訳は、畔柳都太郎の抄訳『天才論』（普及舎、明治三十一年二月）。その後、中村古峡訳『天才と狂気』（青年文芸社、大正二年十月）、森孫一訳『天才と狂人』（文成社、大正三年十一月）、辻潤訳『天才論』（植竹書院、大正三年十二月）と立て続けに刊行されている。特に辻潤訳は、三陽堂書店（大正五年十一月）、三星社出版部（大正九年十二月）、春秋社（大正十五年十二月）、改造社（昭和五年十月）と繰り返し改訂されている。

（2）原文のママ。芥川は「西方の人」（『改造』昭和二年八月）でも「ロムブロゾオ」と表記している。

参考文献目録

はじめに

Freud, S.: Studien über Hysterie. *Gesammelte Werke I*, 75-312, Fischer, Frankfurt am Main, 1895.（芝伸太郎訳「ヒステリー研究」新宮一成ほか編『フロイト全集2』岩波書店、平成二十年十二月）

曾根博義「フロイトの紹介の影響―新心理主義成立の背景」（昭和文学研究会編『昭和文学の諸問題』笠間書院、昭和五十四年五月）

曾根博義「フロイト受容の地層―大正期の「無意識」―」（『遡河』昭和六十一年三月）

曾根博義「フロイト受容の地層（続）―大正から昭和へ―」（『遡河』昭和六十一年七月）

小田晋ほか編『『変態心理』と中村古峡』（不二出版、平成十三年一月）

曾根博義「『精神分析』創刊まで――大槻憲二の前半生」（『精神分析〔戦前編〕解説・総目次・索引』不二出版、平成二十年六月）

一柳廣孝「消えた「フロイド」―芥川龍之介「死後」」（『日本文学』平成十二年五月）

一柳廣孝「「心理研究」とフロイト精神分析」（『名古屋近代文学研究』平成二十年十二月）

佐藤達哉『日本における心理学の受容と展開』（北大路書房、平成十四年九月）

安齊順子「日本への精神分析の導入と丸井清泰」（『心理学史・心理学論』平成十二年十月）

安齊順子「日本への精神分析の導入における大槻憲二の役割」（『明海大学教養論文集』平成十二年

十二月）
鈴木朋子・井上果子「日本における精神分析学のはじまり（1）久保良英の貢献」（『横浜国立大学大学院教育学研究科教育相談・支援総合センター紀要』平成十三年三月）
鈴木朋子・井上果子「日本における精神分析学のはじまり（2）大槻快尊の貢献」（『横浜国立大学大学院教育学研究科教育相談・支援総合センター紀要』平成十四年二月）

序章

Kraepelin, E.: *Psychiatrie*, 8 th ed. Barth, Leipzig, 1909-1915.（西丸四方ほか訳『精神分裂病』みすず書房、昭和六十一年一月。遠藤みどり訳『心因性疾患とヒステリー』みすず書房、昭和六十二年八月）
Freud, S.: Die Traumdeutung, *Gesammelte Werke II/III*, 1-642, 1900.（新宮一成訳「夢解釈」『フロイト全集4』岩波書店、平成十九年三月）
ibid.（新宮一成訳「夢解釈」『フロイト全集5』岩波書店、平成二十三年十月）
曾根博義「フロイトの紹介の影響─新心理主義成立の背景」（昭和文学研究会編『昭和文学の諸問題』笠間書院、昭和五十四年五月）
森　鷗外「性欲雑説」（『公衆医事』明治三十五年十一月〜明治三十六年十一月）
安齊順子「日本への精神分析の導入と丸井清泰」（『心理学史・心理学論』平成十二年十月）
佐々木政直「ステーリング氏の心理学に関する精神病理学」（『哲学雑誌』明治三十六年三月〜十月）
蠣瀬彦蔵「米国における最近心理学的題目の二三」（『哲学雑誌』明治四十四年五月）

佐藤達哉　『日本における心理学の受容と展開』（北大路書房、平成十四年九月）
Freud, S.: "Über Psychoanalyse" *Gesammelte Werke VIII*. 1-60, 1910.（福田覚訳「精神分析について」『フロイト全集9』岩波書店、平成十九年十月）
太田正雄　『木下杢太郎日記　第一巻』（岩波書店、昭和五十四年十一月）
安齊順子　「日本への精神分析の導入における大槻憲二の役割」（『明海大学教養論文集』平成十二年十二月）
上野陽一　「精神分析昔話」（『精神分析』昭和八年七月）
久保良英　『精神分析法』（心理学研究出版部、大正六年十月）
中村古峡　「殻」（『東京朝日新聞』明治四十五年七月二十六日〜大正元年十二月五日）
森田正馬　『神経質及神経衰弱の療法』（日本精神医学会、大正十年六月）
中村古峡　『変態心理の研究』（大同館書店、大正八年十一月）
コーリアット　『変態心理学』（佐藤亀太郎訳、大日本文明協会、大正十年二月）
中村古峡　「質疑応答」（『変態心理』大正八年四月）
中村古峡　『精神分析学と現代文学』（岩波書店、昭和八年十一月）
大槻憲二　「探訪（八）中村古峡療養所」（『精神分析』昭和十一年十一月）
細江　光　『谷崎潤一郎─深層のレトリック』（和泉書院、平成十六年三月）
厨川白村　『苦悶の象徴』（『改造』大正十年一月。改造社、大正十三年二月）
工藤貴正　「厨川白村著作の普及と受容─日本における評価の考察を中心に─」（『学大国文』平成十三年一月）

芥川龍之介　「死後」（『改造』大正十四年九月）
芥川龍之介　「海のほとり」（『中央公論』大正十四年九月）
山敷和男　「芥川と二十世紀文学」（『日本近代文学』昭和四十九年五月）
斎藤茂吉　『斎藤茂吉全集第三十三巻』（岩波書店、昭和四十九年十一月）
斎藤茂吉　「『神経学雑誌』文献抄録」（『神経学雑誌』明治四十五年八月）
斎藤茂吉　『斎藤茂吉全集三十六巻』（岩波書店、昭和五十一年四月）
曾根博義　「フロイト受容の地層（続）―大正から昭和へ―」（『遡河』昭和六十一年七月）
一柳廣孝　「拡散する夢」（『人文科学論集（名古屋経済大学）』平成三年七月）
北山　修　「日本の精神分析の黎明期」（『精神分析研究』平成十七年二月）
宗像和重　「動坂界隈の作家たち――大槻岐美さんインタビュー」（『早稲田大学図書館紀要』平成十三年三月）
伊藤　整　「フロイドからジョイスへ」（『都新聞』昭和七年五月十九日～二十日）
川端康成　「新進作家の新傾向解説」（『文芸時代』大正十四年一月）
川端康成　「針と硝子と霧」（『文学時代』昭和五年十一月）
川端康成　「水晶幻想」（『改造』昭和六年一月、七月）
小林秀雄　「批評家失格Ｉ」（『新潮』昭和五年十一月）
小林秀雄　「ノイフェルト『ドストエフスキイの精神分析』」（『文学界』昭和十一年七月）
ノイフェルト　『ドストイェフスキーの精神分析』（平塚義角訳、東京精神分析学研究所出版部、昭和十一年五月）

ジョーンズ『フロイトの生涯』（紀伊國屋書店、昭和四十四年十二月）
大槻憲二「時言数題」（『精神分析』昭和十一年九月、十月）
Freud, S.：Selbstdarstellung. *Gesammelte Werke XIV*, 31-96, Fischer, Frankfurt am Main,1925.（家高洋、三谷研爾訳「みずからを語る」『フロイト全集18』岩波書店、平成十九年八月）
小林秀雄「感想」（『新潮』昭和三十三年五月〜昭和三十八年六月、未完）
小林秀雄「正宗白鳥の作について」（『文学界』昭和五十六年一月〜十一月、未完）
Freud, S.：Warum Krieg?.：*Gesammelte Werke XXII*. 195-215, 1933.（高田珠樹訳「戦争はなぜに?」『フロイト全集20』岩波書店、平成二十三年一月）
Freud, S.：Neue Folge der Vorlesungen zur Einführung in die Psychoanalyse,：*Gesammelte Werke XXII*, 1-82, 1933.（道籏泰三訳「続・精神分析入門講義」『フロイト全集21』岩波書店、平成二十三年二月）
大槻憲二「精神分析道徳論」（『精神分析』昭和十一年十一月）
大槻憲二『科学的皇道世界観』（東京精神分析学研究所、昭和十八年三月）
大槻憲二『精神分析者の手記』（白井書房、昭和二十二年四月）
大岡昇平「俘虜記」（『文学界』昭和二十三年二月）
坂口安吾「精神病覚書」『文藝春秋』昭和二十四年六月）
三島由紀夫「音楽」（『婦人公論』昭和三十九年一月〜十二月）
三島由紀夫「フロイト「芸術論」」（『日本読書新聞』昭和二十八年十月十九日）
三島由紀夫『三島由紀夫全集第三十八巻』（新潮社、平成十六年三月）

三島由紀夫『日本文学小史』（講談社、昭和四十七年十一月）
武田泰淳「富士」（『海』昭和四十四年十月〜昭和四十六年六月）

第一章

曾根博義「フロイト受容の地層—大正期の「無意識」—」（『遡河』昭和六十一年三月）
森　鷗外「性欲雑説」（『公衆医事』明治三十五年十一月〜明治三十六年十一月）
安齊順子「日本への精神分析の導入と丸井清泰」（『心理学史・心理学論』平成十二年十月）
佐々木政直「ステーリング氏の心理学に関する精神病理学（其四）」（『哲学雑誌』明治三十六年八月）
Störring, G.: *Vorlesungen über Psychopathologie : in ihrer Bedeutung für die normale Psychologie mit Einschluss der psychologischen Grundlagen der Erkenntnistheorie*. 1-468, W.Engelmann, Leipzig, 1900.
Freud, S.: Studien über Hysterie. *Gesammelte Werke I*, 75-312, Fischer, Frankfurt am Main, 1895.（芝伸太郎訳「ヒステリー研究」『フロイト全集2』岩波書店、平成二十年十二月）
森　鷗外『衛生新篇』第五版（南江堂書店、大正三年九月）
森　鷗外「日本兵食論大意」（『陸軍軍医学会雑誌』明治十九年一月）
Krafft-Ebing, R. v.: *Psychopathia Sexualis*. 1.Aufl. 1-110, F.Enke, Stuttgart, 1886.
斉藤　光「クラフト＝エビングの『性的精神病質』とその内容の移入初期史」（『京都精華大学紀要』平成十一年三月）
岡田靖雄、吉岡真二、長谷川源助「呉秀三先生と周辺の人びと—とくに森鷗外および呉文聡との関

係をめぐって」（『医学史研究』昭和四十九年六月）

Charcot, J. M.: Charcot, *the clinician: the Tuesday lessons*. Translated with commentary by Christopher Goetz, Raven Press, New York, 1987.（佐藤恒丸訳『神経病臨床講義』明治三十九年九月、四十年五月、四十四年三月、加我牧子ほか監訳『シャルコー神経学講義』白揚社、平成十一年十月）

江口重幸「Jean-Martin Charcot の火曜講義とその日本語版の成立」（『精神医学』平成四年一月）

伊達一男『医師としての森鷗外』（績文堂出版、昭和五十六年二月）

Freud, S.: Über den Traum, *Gesammelte Werke II/III*, 673-700, 1901.（道籏泰三訳「夢について」『フロイト全集6』岩波書店、平成二十一年八月）

Freud, S.: *Drei Abhandlungen zur Sexualtheorie*. 2. Aufl, Deuticke, Leipzig und Wien, 1910.（渡邉俊之訳「性理論のための三篇」『フロイト全集6』岩波書店、平成二十一年八月）

Hasime Sakaky（榊俶）: *Aus der Nervenklinik der Charité*（*Prof. Westphal*）. 1-11, Schumächer, Berlin（18--?）

Weininger, O. v.: *Geschlecht und Charakter*. 10. Aufl, 1-608, Braumüller, Wien und Leipzig, 1908.

Freud, S. *The standard edition III*, 121, Hogarth Press, London, 1966.（北山修監訳『フロイト全著作解説』人文書院、平成十七年八月）

創医会学術部編『漢方用語大辞典』（燎原、昭和五十九年五月）

Freud, S.: Über die Berechtigung, von der Neurasthenie einen bestimmten Symptomenkomplex als "Angstneurose" abzutrennen. *Neurologisches Zentralblatt*,（14-2）: 50-66, 1895.（兼本浩祐訳

「ある特定の症状複合を「不安神経症」として神経衰弱から分離することの妥当性について」『フロイト全集1』岩波書店、平成二十一年二月）

Freud, S.：Selbstdarstellung. *Gesammelte Werke XIV*, 31-96, Fischer, Frankfurt am Main, 1925.（家高洋、三谷研爾訳「みずからを語る」『フロイト全集18』岩波書店、平成十九年八月）

Freud, S.：Zur Ätiologie der Hysterie. *Gesammelte Werke I*, 423-459, Fischer, Frankfurt am Main, 1896.（芝伸太郎訳「ヒステリーの病因論のために」『フロイト全集3』岩波書店、平成二十二年十一月）

Freud, S.：*Sigmund Freud, Brief an Wilhelm Fließ 1887–1904*,（Masson, J. M., Schröter, M.）, Fischer, Frankfurt am Main, 1985.（河田晃訳『フロイト フリースへの手紙：1887–1904』J・M・マッソン編、M・シュレーター ドイツ語版編、誠信書房、平成十三年八月）

Löwenfeld, L.：Über die Verknüpfung neurasthenischer und hysterischer Symptome in Anfallsform nebst Bemerkungen über die Freud'sche <Angstneurose>. *Münchener medizinische Wochenschrift*, 42：282-285, 1895.

Freud, S.：Zur Kritik der "Angstneurose". *Gesammelte Werke I*, 355-376, Fischer, Frankfurt am Main, 1895.（山岸洋訳「「不安神経症」に対する批判について」『フロイト全集3』岩波書店、平成二十二年十一月）

Freud, S.：L' hérédité et l'étiologie des névroses. *Gesammelte Werke I*, 405-422, Fischer, Frankfurt am Main, 1896.（立木康介訳「神経症の遺伝と病因」『フロイト全集3』岩波書店、平成二十二年十一月）

Freud, S.：Die Sexualität in der Ätiologie der Neurosen. *Gesammelte Werke I*, 489-516, Fischer, Frankfurt am Main, 1898.（新宮一成訳「神経症の病因論における性」『フロイト全集3』岩波書店、平成二十二年十一月）

Gattel, F.：*Ueber die sexuellen Ursachen der Neurasthenie und Angstneurose*. A.Hirschwald, Berlin,1898.

第二章

中村古峡「殻」（『東京朝日新聞』明治四十五年七月二十六日～大正元年十二月五日、竹盛天雄編『編年体大正文学全集第2巻』一六四－三〇八頁、ゆまに書房、平成十二年七月）

杉村楚人冠「序に代ふる序」（中村古峡『殻』春陽堂、大正二年四月）

中村古峡「私の苦学時代」（『文章倶楽部』大正六年九月）

夏目漱石『漱石全集第二十三巻』（岩波書店、平成八年九月）

中村古峡「回想」（『東京朝日新聞』明治四十一年九月十日～十二月二日）

曾根博義「異端の弟子―夏目漱石と中村古峡―（補遺）」（『語文』平成十五年十二月）

佐藤亮一監修『日本方言辞典』（小学館、平成十五年十一月）

曾根博義「異端の弟子―夏目漱石と中村古峡―（上）」（『語文』平成十四年六月）。

夏目漱石『漱石全集第二十四巻』（岩波書店、平成九年二月）

中村古峡『二重人格の女』（大東出版社、昭和十二年三月）

曾根博義「中村古峡の履歴」（『新編中原中也全集別巻（下）』角川書店、平成十六年十一月）

中村古峡「日本精神医学会設立趣意」（『変態心理』大正六年十月）
新村出編『広辞苑』第六版（岩波書店、平成二十年一月）
中村古峡「小説予告」（『東京朝日新聞』明治四十五年七月十八日〜二十五日）
新仏教子（高島米峰）「新刊紹介」（『新仏教』大正二年六月）
森田草平「『殼』」（中村古峡『殼』方丈社、大正十三年八月）
Zola, É.: *Le roman expérimental*, Charpentier, Paris, 1880.（古賀照一訳「実験小説論」『ゾラ』新潮社、昭和四十五年二月）
田山花袋「露骨なる描写」（『太陽』明治三十七年二月）
田山花袋「蒲団」（『新小説』明治四十年九月）
横山よし子「『蒲団』について」（『新潮』明治四十年十月）
曾根博義「中村古峡と『殼』」（『日本大学人文科学研究所研究紀要』平成十一年一月）
Schneider, K.: *Klinische Psychopathologie*, G.Thieme, Stuttgart, 1950.（針間博彦訳『臨床精神病理学』文光堂、平成十九年九月）
角田京子「両価性症状の変遷についての構造主義的メタ心理学的解釈—思春期統合失調症の二症例から」（『臨床精神病理』平成十四年八月）
松本卓也、加藤敏「症例Schreberの診断にみる力動的精神病論の再検討」（『精神神経学雑誌』平成二十一年九月）
加藤　敏「主体における起源と享楽—父性の精神病理学の試み—」（小出浩之編『ラカンと臨床問題』弘文堂、平成二年二月）

竹内　洋『立身出世主義［増補版］―近代日本のロマンと欲望』（世界思想社、平成十七年三月）

Freud, S.：Psychoanalytische BemerKungen über einen autobiographisch beschriebenen Fall von Paranoia（Dementia paranoides），*Gesammelte Werke VIII*. 239-316, 1911.（渡辺哲夫訳「自伝的に記述されたパラノイアの一症例に関する精神分析的考察」『フロイト全集11』岩波書店、平成二十一年十二月）

Lacan, J.：D'une question préliminaire à tout traitement possible de la psychose, *Écrits*, Seuil, Paris, 1966.（佐々木孝次訳「精神病のあらゆる可能な治療に対する前提的問題について」『エクリⅡ』弘文堂、昭和五十二年十二月）

桜井満、伊藤高雄編『生駒谷の祭りと伝承』（桜楓社、平成三年四月）

宮本忠雄「エピ-パトグラフィーについて」（『臨床精神医学』昭和五十四年六月）

宮本忠雄「エピ-パトグラフィー、その後」（『日本病跡学雑誌』昭和六十三年六月）

中村古峡「松の木陰」（『中学世界』明治三十五年六月）

日本大学大学院文学研究科『夕づゝ』翻刻の会編『翻刻・註釈・解題『夕づつ』第四号』（日本大学大学院文学研究科曾根博義研究室、平成十七年三月）

Ellenberger, H. F.：*The discovery of the unconscious：the history and evolution of dynamic psychiatry*, Basic Books, New York, 1970.（木村敏、中井久夫監訳『無意識の発見：力動精神医学発達史 上』弘文堂、昭和五十五年一月）

Jaspers, K.：*Allgemeine Psychopathologie*, J. Springer, Berlin, 1913.（西丸四方訳『精神病理学原論』みすず書房、昭和四十六年六月）

中村古峡『ヒステリーの療法』（主婦之友社、昭和七年二月）
中村古峡『神経衰弱と強迫観念の全治者体験録』（主婦之友社、昭和八年六月）

第三章

内田百閒『百鬼園日記帖』（三笠書房、昭和十年四月）
内田百閒『続百鬼園日記帖』（三笠書房、昭和十一年二月）
酒井英行『内田百閒「百鬼」の愉楽』（沖積舎、平成五年九月）
内田百閒「たらちをの記」（『中央公論』昭和十二年一月）
内田百閒「漾虚集を読む」（『山陽新報』明治三十九年六月十一日）
内田百閒「老猫」（『六高校友会誌』明治四十一年六月）
夏目漱石「内田百閒宛書簡」明治四十二年八月二十四日（『漱石全集第二十三巻』）
内田百閒「烏」（『第六高等学校誌』明治四十三年三月）
芥川龍之介「点心」（『新潮』大正十年二月〜三月）
内田百閒「漱石先生臨終記」（『中央公論』大正九年十二月）
内田百閒「明石の漱石先生」（『漱石全集』「月報十六号」昭和四年六月）
内田百閒『恋文・恋日記』（福武書店、平成元年五月）
内田百閒「動詞の不変化語尾に就いて」（『東炎』昭和十年二月）
内田百閒「机」（『読売新聞』昭和十五年六月二十五日）
内田百閒「漱石先生臨終記」（『中央公論』昭和九年十二月）

平山三郎「解題」(『内田百閒全集第一巻』講談社、昭和四十六年十月)
内田百閒「冥途」(『東亜之光』大正六年一月)
内田百閒「実説草平記」(『小説新潮』昭和二十五年九月)
内田百閒「前掛けと漱石先生」(『夕刊読売』昭和二十五年四月二十二日)
内田百閒「三代」(『東京朝日新聞』昭和十一年八月六日)
内田百閒「無恒債者無恒心」(『週刊朝日』昭和八年四月)
森田草平「六文人の横顔」(『文芸春秋』昭和七年九月)
内田百閒『冥途』(稲門堂書店、大正十一年二月)
内田百閒『旅順入城式』(岩波書店、昭和九年二月)
内田百閒「映像」(『我等』大正十一年一月)
Freud, S.: Dostojewski und die Vatertötung, *Gesammelte Werke XIV*, 397-418, 1928.(石田雄一訳「ドストエフスキーと父親殺し」『フロイト全集19』岩波書店、平成二十二年六月)
新宮一成『夢と構造』(弘文堂、昭和六十三年三月)
Freud, S.: Hemmung, Symptom und Angst, *Gesammelte Werke XIV*, 111-205, 1926.(大宮勘一郎、加藤敏訳「制止、症状、不安」『フロイト全集19』岩波書店、平成二十二年六月)
Freud, S.: Das Unheimliche, *Gesammelte Werke XII*, 227-268, 1919.(藤野寛訳「不気味なもの」『フロイト全集17』岩波書店、平成十八年十一月)
内田百閒「鬼苑漫筆」(『西日本新聞』昭和三十一年二月三日〜四月十七日)
Freud, S.: Der Wahn und die Träume in W. Jensens “Gradiva”, *Gesammelte Werke VII*, 29-125, 1907.

（西脇宏訳「W・イェンゼン著『グラディーヴァ』における妄想と夢」『フロイト全集9』岩波書店、平成十九年十月）

Freud, S.：Die Traumdeutung, *Gesammelte Werke II/III*, 1-642, 1900.（新宮一成訳「夢解釈」『フロイト全集4』岩波書店、平成十九年三月）

ibid.（新宮一成訳「夢解釈」『フロイト全集5』岩波書店、平成二十三年十月）

Freud, S.：Entwurf einer Psychologie, *Gesammelte Werke Nachtragsband*, 373-486, 1895.（総田純次訳「心理学草案」『フロイト全集3』岩波書店、平成二十二年十一月）

Freud, S.：Der Humor, *Gesammelte Werke XIV*, 381-389, 1928.（石田雄一訳「フモール」『フロイト全集19』岩波書店、平成二十二年六月）

Freud, S.：Der Realitätsverlust bei Neurose und Psychose, *Gesammelte Werke XIII*, 361-368, 1924.（本間直樹訳「神経症および精神病における現実喪失」『フロイト全集18』岩波書店、平成十九年八月）

Freud, S.：Neue Folge der Vorlesungen zur Einführung in die Psychoanalyse.：*Gesammelte Werke XV*, 1-82, 1933.（道籏泰三訳「続・精神分析入門講義」『フロイト全集21』岩波書店、平成二十三年二月）

谷口　基「内田百閒『先行者』をめぐる一考察」（『立教大学日本文学』昭和六十一年十二月）

Rank, O.：Der Doppelgänger, *Imago*, 3 (2)：97-164, 1914.（有内嘉宏訳『分身 ドッペルゲンガー』人文書院、昭和六十三年十一月）

Ellenberger, H. F.：La notion de maladie créatrice. Dialogue：*Canadian Philosophical Review*, 3：25

-41, 1964（中井久夫訳「「創造の病い」という概念」『エランベルジェ著作集2』みすず書房、平成十一年八月）

第四章

佐藤春夫「更生記」（『福岡日日新聞』昭和四年五月二十七日〜昭和四年十月十二日）
曾根博義「フロイトの紹介の影響 ― 新心理主義成立の背景」（昭和文学研究会編『昭和文学の諸問題』笠間書院、昭和五十四年五月）
谷川徹三「佐藤春夫氏の長編小説」（『読売新聞』昭和六年二月五日）
宇野浩二「文学の眺望」（『改造』昭和六年十一月）
土田杏村「美文調の流行 疲労した社会生活の反映」（『時事新報』昭和七年三月四日）
橘健二ほか校注・訳『大鏡』（小学館、平成八年六月）
安良岡康作校注・訳『方丈記・徒然草・正法眼蔵随聞記・歎異抄』（小学館、平成七年三月）
佐藤春夫「回想」（『新潮』大正十五年五月）
Freud, S.: Studien über Hysterie. *Gesammelte Werke I*, 75-312, Fischer, Frankfurt am Main, 1895.（芝伸太郎訳「ヒステリー研究」『フロイト全集2』岩波書店、平成二十年十二月）
山本健吉「解説」（志賀直哉ほか監修『佐藤春夫全集第三巻』昭和四十一年十月）
Kraepelin, E.: *Psychiatrie*, 8 th ed. Barth, Leipzig, 1909-1915.（西丸四方ほか訳『精神分裂病』みすず書房、昭和六十一年一月。遠藤みどり訳『心因性疾患とヒステリー』みすず書房、昭和六十二年八月）

石田　昇『新撰精神病学』（南江堂、明治三十九年十月）
高橋　智「戦前の精神病学における「精神薄弱」概念の理論史研究」（『特殊教育学研究』平成九年六月）
三宅鉱一、松本高三郎『精神病診断及治療学』増訂三版（上下巻、南江堂書店、大正二年十二月、大正三年十一月）
下田光造、杉田直樹『最新精神病学』増訂四版（克誠堂書店、昭和三年七月、初版は大正十一年三月）
佐藤春夫「僕らの結婚」（『紀伊新報』昭和五年九月十九日〜十月三日）
中野重治「しげ女の文体」（『文芸』昭和二十年二月）
森　鷗外「半日」（『スバル』明治四十二年三月）
夏目漱石「道草」（『東京朝日新聞』大正四年六月三日〜大正四年九月十四日）
有島武郎『或る女』（前・後編、叢文閣、大正八年三月、六月）
有島武郎「観想録第十五巻」（『有島武郎全集第十二巻』筑摩書房、平成十四年八月）
有島武郎『有島武郎全集第十四巻』（筑摩書房、平成十四年七月）
Charcot, J. M. : *Charcot, the clinician : the Tuesday lessons.* Translated with commentary by Christopher Goetz, Raven Press, New York, 1987.（加我牧子ほか監訳『シャルコー神経学講義』白揚社、平成十一年十月）
杉江　董『ヒステリーの研究と其療法』（島田文盛館、大正四年七月）
久保良英『精神分析法』（心理学研究会出版部、大正六年十一月）

榊保三郎『性欲研究と精神分析学』（実業之日本社、大正八年三月）
厨川白村『苦悶の象徴』（改造社、大正十三年三月）

第五章

柄谷行人ほか編『中上健次と熊野』（太田出版、平成十二年六月）
中上健次「物語の系譜」（『国文学』昭和五十四年二月～昭和六十年六月）
高澤秀次編『現代小説の方法』（作品社、平成十九年二月）
中上健次「無意識の祖型」（『読売新聞』昭和五十九年六月二十日夕刊）
中上健次「南の記憶Ⅱ」（『すばる』昭和五十九年十一月）
中上健次「トポスの文学」（『俳句』昭和六十一年二月）
Freud, S.: *Zur Geschichte der psychoanalytischen Bewegung. Gesammelte Werke X*, 43-113, Fischer, Frankfurt am Main, 1914.（福田覚訳「精神分析運動の歴史のために」『フロイト全集13』岩波書店、平成二十二年三月）
中上健次「南の記憶Ⅰ」（『すばる』昭和五十九年十月）
ベイトソン「バリ――定常型社会の価値体系」（佐伯泰樹ほか訳『精神の生態学』上下巻、思索社、昭和六十一年一月・昭和六十二年四月）
中上健次「物語の復権」（『文学界』昭和五十九年二月）
ベイトソン「ダブルバインド（上・下）」（黄寅秀訳『現代思想』昭和五十六年九月・十月）
浅田　彰『ダブル・バインドを超えて』（南想社、昭和六十年十一月）

中村雄二郎『魔女ランダ考』（岩波書店、昭和五十八年六月）
中上健次「坂口安吾・南からの光」（『文学界』昭和六十年十一月）
谷川　雁『無（プラズマ）の造型――60年代論草補遺』（潮出版社、昭和五十九年九月）
中上健次「スパニッシュ・キャラバンを捜して」（『波』昭和五十八年八月〜昭和六十年十二月）
高澤秀次「中上健次新年譜」『中上健次事典』恒文社、平成十四年八月）
中上健次「アイヤとしての黒田喜夫」（『黒田喜夫全詩』思潮社、昭和六十年四月）
中上健次『地の果て至上の時』（新潮社、昭和五十八年四月）
中上健次「火まつり」（昭和六十年五月〜六十二年二月）
中上健次「岬」（『文学界』昭和五十年十月）
中上健次「枯木灘」（『文芸』昭和五十一年十月〜五十二年三月）
中上健次「路地と神話的世界の光学」（『図書新聞』昭和五十八年五月二十一日）
新村出編『広辞苑』第六版（岩波書店、平成二十年一月）
中上健次「桜川」（『群像』昭和五十五年七月）
中上健次「暴力と性、死とユートピア」（山口昌男編『火まつり』リブロポート、昭和六十年五月）
中上健次「奇蹟」（『朝日ジャーナル』昭和六十二年一月二日〜六十三年十二月十六日）
ジャック・レヴィ「妙な悲しみ―中上健次の「奇蹟」における語りの境界線」（『文芸研究』平成二十年三月）

終章

森　鷗外「性欲雑説」（『公衆医事』明治三十五年十一月～明治三十六年十一月）

Freud, S.：Über den Traum, *Gesammelte Werke II/III*, 673-700, 1901.（道籏泰三訳「夢について」『フロイト全集6』岩波書店、平成二十一年八月）

Freud, S.：*Drei Abhandlungen zur Sexualtheorie*. 2. Aufl, Deuticke, Leipzig und Wien, 1910.（渡邉俊之訳「性理論三篇」『フロイト全集6』岩波書店、平成二十一年八月）

森　鷗外「ヰタ・セクスアリス」（『スバル』明治四十二年七月）

田山花袋「蒲団」（『新小説』明治四十年九月）

片上天弦「田山花袋氏の自然主義」『早稲田文学』明治四十一年四月）

中村古峡「殻」（『東京朝日新聞』明治四十五年七月二十六日～大正元年十二月五日）

中村古峡「二重人格の女」（『変態心理』大正八年一月～大正十五年九月）

内田百閒『冥途』（稲門堂書店、大正十一年二月）

厨川白村『苦悶の象徴』（改造社、大正十三年二月）

芥川龍之介「死後」（『改造』大正十四年九月）

芥川龍之介「海のほとり」（『中央公論』大正十四年九月）

ロンブローゾ『天才論』（辻潤訳、植竹書院、大正三年十二月）

芥川龍之介「路上」（『大阪毎日新聞』大正八年六月三十日～八月八日）

芥川龍之介「芥川龍之介氏の座談」（『芸術時代』昭和二年八月）

佐藤春夫「文芸時評（芥川龍之介を哭す）」（『中央公論』昭和二年九月）

芥川龍之介　「文芸的な、余りに文芸的な」（三十五「ヒステリイ」『改造』昭和二年八月）
芥川龍之介　「西方の人」（『改造』昭和二年八月）
佐藤春夫　「更生記」（『福岡日日新聞』昭和四年五月二十七日〜昭和四年十月十二日）
三島由紀夫　「音楽」（『婦人公論』昭和三十九年一月〜十二月）
江藤　淳　「文芸時評」（『毎日新聞』昭和五十二年二月二十四日）
角川源義　『悲劇文学の発生』（青磁社、昭和十七年五月）
中上健次　『中上健次と読む『いのちとかたち』』（河出書房新社、平成十六年七月）
中上健次　「紀州　木の国・根の国物語」（『朝日ジャーナル』昭和五十二年七月一日〜昭和五十三年一月二十日）
蓮實重彦　「物語としての法」（『現代思想』昭和五十二年八月）
中上健次　「制度としての物語」（『カイエ』昭和五十四年一月）
ドゥルーズ／ガタリ　『アンチオイディプス』（市倉宏祐訳、河出書房新社、昭和六十一年五月）
ドゥルーズ／ガタリ　「リゾーム」（豊崎光一訳『エピステーメ』昭和五十二年十月）
中上健次　「南の記憶Ⅱ」（『すばる』昭和五十九年十一月）

あとがき

本書は、著者がこれまでに発表した五本の論文に、序章と終章を書き下ろして一冊の本にまとめたものである。第一章は、平成二十一年十月発表の「森鷗外によるフロイトの神経症論への言及」（日本精神医学史学会『精神医学史研究』第十三巻第二号）。第二章は、平成二十三年六月発表の「中村古峡「殻」における統合失調症の描写とエピーパトグラフィー」（新宮一成との共著、日本病跡学会『日本病跡学雑誌』第八十一号）。第三章は、平成二十一年六月発表の「内田百閒の「創造の病」における二人の父」（日本病跡学会『日本病跡学雑誌』第七十七号）。第四章は、平成二十四年十月発表の「佐藤春夫「更生記」における精神分析と精神医学」（日本精神医学史学会『精神医学史研究』第十六巻第二号）。第五章は、平成二十四年五月発表の「中上健次におけるフロイトとベイトソン――『魔女ランダ考』の受容をめぐって――」（京都大学文学部国語学国文学研究室編『國語國文』第八十一巻第五号）である。

本書を作成するにあたり、多くの方々からご助力いただいたことを感謝致します。とりわけ大学院での指導教員である京都大学大学院人間・環境学研究科教授の新宮一成先生の御指導に心より御礼申し上げます。また、同研究科教授の須田千里先生には、細部にわたる丁寧な御指導を頂きましたことに厚く御礼申し上げます。

平成二十六年十一月

新田　篤

本書の刊行にあたっては、京都大学の平成二十六年度総長裁量経費若手研究者に係る出版助成事業よる助成を受けた。

わ 行

や 行

ま 行

た 行

さ 行

か 行

精神医学・精神分析学用語索引

あ 行

著者略歴

新田　篤（にった あつし）

愛知県生まれ。京都大学大学院人間・環境学研究科共生人間学専攻博士後期課程修了。平成25年3月、博士（人間・環境学）。
主要論文に「森鷗外によるフロイトの神経症論への言及」（日本精神医学史学会『精神医学史研究』第13巻第2号、平成21年10月)、「中上健次におけるフロイトとベイトソン ―『魔女ランダ考』の受容をめぐって ―」（京都大学文学部国語学国文学研究室編『國語國文』第81巻第5号、平成24年5月)、「佐藤春夫「更生記」における精神分析と精神医学」（日本精神医学史学会『精神医学史研究』第16巻第2号、平成24年10月)。

日本近代文学におけるフロイト精神分析の受容　　和泉選書 177

2015年3月25日　初版第一刷発行

著　者　新田　篤
発行者　廣橋研三
発行所　和泉書院
〒543-0037　大阪市天王寺区上之宮町7-6
電話06-6771-1467／振替 00970-8-15043
印刷・製本　太洋社
装訂　井上二三夫

ISBN978-4-7576-0738-5　C1395　定価はカバーに表示

和泉選書